小学館文庫

まやかしうらない処

信じる者は救われる

山本巧次

小学館

まやかしうらない処　信じる者は救われる

一

湯島辺りから本郷通りを進むと、本郷六丁目で左手に下りていく坂がある。これを称して菊坂と言い、少しばかり急な坂の左右には町家が軒を連ねている。南側を長泉寺や本妙寺、北側を三河岡崎の本多家の御屋敷に挟まれたこの地が、菊坂台町である。

その端に、土塀とよく繁った木々に囲まれた一角がある。敷地は十五間四方（二百坪余り）ほどで、簡素な門から石畳を五間（約九メートル）ばかり進んだ奥に、真四角のお堂が一つ、建っていた。大きさは縦横とも五間半。さして大きくはないが、小さ過ぎもしない。瓦葺きのてっぺんには、お堂らしく宝珠が載っている。

掲げられた扁額には、優雅な書体で「瑠璃堂」と書かれていた。それが、このお堂の名である。ただし、仏像などが安置されているわけではない。

瑠璃堂の主は、若く美しい女である。名を、千鶴という。長い黒髪を檀紙で束ね、巫女風の衣裳をまとっているが、巫女ではない。生業とするのは、占いであった。

どのような流派で、何をもって占っているのかは、よくわからない。だが、とにかくよく当たる、と人は噂する。嘘か実か、占い通りに地震が起きただの、さる豪商の死期を当てただの、快いものから不穏なものまで、様々な話が人づてに流れていく。

千鶴の美貌と妖艶な雰囲気がさらに謎めいた噂を盛り上げ、決して安くない見料にも拘わらず、訪れる客は絶えることがなかった。

その日、昼四ツ（午前十時）に現れたのは、四十絡みのいささか小難しい顔をした色黒の男であった。茶色の小紋の着物と羽織は、安物ではない。千鶴の客は商家の旦那衆が多いのだが、この人物も、いかにもそれらしい感じだ。

襖を開けて入って来た男は、落ち着かなげに周りに目を走らせた。部屋が幾分薄暗いのと、寺の本堂などと違い飾り気がないので、戸惑っているのだ。大概の客は、最初このような反応を見せる。

「どうぞお座りくださいませ」

千鶴が丁重に声をかけ、自分の前にある毛氈の敷物を手で示した。男は、恐縮したように頭を下げると、千鶴と向き合う形で正座した。

「正右衛門と申します。本日は、よろしくお願いいたします」

挨拶をして改めて千鶴と向き合った正右衛門は、はっとしたように一瞬、目を見開いた。視線が千鶴に、しばし釘付けになる。

「お楽になさってください」

言われて正右衛門は、慌てて目を逸らし、咳払いした。なぜ正右衛門がどぎまぎした様子を見せたのか、無論千鶴にはわかっている。千鶴の衣裳は巫女と同様の白衣と緋袴で、その上に千早に似た薄物を羽織っていた。だが白衣は袖がなく、半襦袢と言った方がいいもので、白い二の腕が薄物を通してはっきり見える。そのうえ、緋色の飾り紐の付いた白衣の合わせ目は普通よりずっと下で、谷間近くまで胸元の素肌が露わになっていた。

「本日は下谷からわざわざのお運び、恐れ入ります」

まだ目を瞬いている正右衛門に、千鶴が優雅な声音で話しかけた。正右衛門は、えっという表情を浮かべる。

「あの、手前が下谷から来たとおわかりで」

早速の眼力かと驚いたらしい正右衛門に、千鶴はくすっと笑った。

「これは占いではございません。お越しになったとき、帳面にお書きになっていますね」

ああそうでした、と正右衛門は照れ笑いをした。瑠璃堂では、受け付けの際に名前を記してもらうようにしている。その際、あまりにガラの悪い者や胡散臭過ぎる者などは撥ねていた。興味本位や千鶴の容姿を拝みに来るだけの客は、入れないようにしているのだ。この客も、受付の台帳に下谷の正右衛門ときちんと記していた。

「昔は何か、力の要る仕事をなさっていましたね」

唐突に、千鶴が言った。正右衛門は目を見開いた。これは帳面には書かれていない。

「大工とか左官など、そちらの方でございましょうか」

「あ……その通りです。若い頃は、大工をやっておりました」

「怪我をされて、おやめになったのですね」

「は、はい。屋根組みの普請中に足を滑らせまして、右足を痛めました。その頃はまだ独り身で身軽でしたし、それですっぱりと大工をやめ、町名主さんの世話で、さる家主さんのところで働くようになりまして」

「入り婿になられましたか」

「さ、左様でございます。よくおわかりで」

正右衛門は、すっかり気を呑まれている。千鶴は、微笑んで頷いた。

「大変お仕事にご熱心な方でいらっしゃるのですね」

「いやその、それほどではございませんが、昔から何事にも、手抜きはしないと自負はしております」

持ち上げられた正右衛門は、顔を綻ばせた。

「家主としてのお仕事も、順調なようですね」

「はい、おかげさまで」

「今も新しい普請をしていらっしゃるのでしょう」

「えっ、確かに神田金沢町で持ち家の建て替えをしております。どうしておわかりに」

千鶴はそれには答えず、少し首を傾げてから言った。

「でも、本日の御用向きは、新しい家作のことではございませんね」

「これは……何もかもお見通しのようで、恐れ入りました。左様です。今貸している店のことでございまして」

「では、伺いましょう」

千鶴はにっこりと笑い、正右衛門を促した。

「手前は下谷長者町に住んで、そこに長屋も持っておりますが、神田金沢町の他、浅草上平右衛門町と浅草猿屋町にも家作があり、貸し出しております。実はその、猿屋町にある店が先々月空きまして、新しい借主に貸したのですが、いささか妙な具合で」

正右衛門は、本題について詳しく話を始めた。千鶴の眼力を信じ込んだ様子で、声に躊躇いがない。

「借主の方に、おかしなところがあるのですね」

「そうなのです。前の借主が米屋でして、今度も米屋をやるというので居抜きで貸したのですが、ひと月以上経ってても商いを始める様子がないのです」

「商いをなさらない？　店賃は払っていらっしゃるのですか」

「はい。それはきっちりと。ですので、文句は言えないのですが」

確かに妙だな、と千鶴は思った。店を開く準備に何日かかかるのは当然だが、それらしいことを何もせず、店賃だけ払っているというのは解せない。商いを始めなければ店賃で財布が細るだけだ。店を開く目途が立たなくなったのなら、さっさと引き払えばいいのに。

「借主の方は、何とおっしゃっているのです」

「それがその、店を引き渡したとき以来、会っていないのです。いや、会えていない、と言うべきでしょう」

「それは……その方の行方がわからない、ということですか」

「はい。そんなようなことで」

正右衛門は、困惑を顔に表した。

「店に人が出入りしている様子はあるのですが、摑まえられません。それで心配になってきまして」

「借主の方は、前の住まいは引き払っておいでなのですね」

「はい。店を借りるとき聞いていた住まいは、本所長崎町だったのですが、行ってみましたところ、誰もその人のことを知りませんでした」

猿屋町で店を借りた以上、そこに引っ越すのが当然だから長崎町にいないのはわかる。しかし、長崎町の住人がその人物のことを知らないというのは、いかにも怪しい。かと言って、害が何も出ていない以上、役人に話しても取り合ってもらえないだろう。

「では、その方の行方を占ってほしいと言われるのでしょうか」

千鶴が問うと、正右衛門は少し躊躇いがちになった。

「はい。少々厚かましいとは存じますが、それも含め、このお人に店を貸していることが災いに繫がらないか、我が家に害を為すことはないか、その辺りを広く占っていただければと……」

正右衛門の注文は、やや漠然としていた。正右衛門としては、もやっとした不安があるものの、疑いの的を絞り切れていないのだ。だからこそ、岡っ引きなどに頼むこともできず、ここに来たのだろう。見かけはがっしりしているが、胆は細いようだ。

「承知いたしました。その猿屋町のことが災いを為すものかどうか、見てみましょう」

正右衛門は、はっきりとわかる安堵を浮かべた。

「おお、ありがとうございます」

正右衛門は頭を下げ、畳に手を突いた。

「借主の方のお名前は」

「与三次郎、と名乗りました。貸家の証文もその名で」

千鶴は小さく頷くと、傍らに置いてあった台を引き寄せた。台の上にあるのは、ごく小さい火鉢のようなものと、紫の布を敷いた三宝に載せられた、掌に包めるほどの水晶玉だ。火鉢には赤くなった炭が少しばかり入っている。正右衛門は、興味深そうにそれらの品を見つめた。

千鶴は五尺（約一・五メートル）ほどもありそうな長い水晶数珠を取り出すと、左手に巻きつけた。それから目を閉じ、右手で左右を払うようにしてから、火鉢の上にかざした。ぱっと炎が上がり、千鶴の動きにじっと視線を向けていた正右衛門が、びくっと肩を動かした。

千鶴は炎の上で右手を左右に滑らせ、左手を合わせて俯き、合掌の形をとった。そのままの姿勢で固まり、何事か小さくぶつぶつと呟く。正右衛門はこの様子を、身じろぎもせず見守っている。

やがて千鶴はゆっくりと顔を上げ、再び右手を上げた。その手をすうっと横に滑らせ、小さくなった炎の上を撫でる。すると、火鉢から青緑色の炎が上がった。正右衛門は、驚いたように身を竦める。

青緑の炎は、すぐに小さくなった。千鶴は数珠を摑んだ左手を上げ、円を描くように振った。それから再び合掌し、目を開けた。

「黒い影が見えました」

その言葉に、正右衛門が「えっ」と呻く。

「では、やはり災いが……」

「いいえ、あなた様に直に災いが及ぶことはないでしょう」

「そ、そうですか。でも、黒い影とは……」

見てわかるほど、正右衛門の肩の力が緩んだ。

「その与三次郎と言われるお方、本名ではございませんね」

ああ、やはり、と正右衛門が嘆息する。

「何か良くないことが、この方の周りにあるようです」

「え、まさか、もう亡くなっているとか」

青くなる正右衛門を宥めるように、千鶴が手を振った。

「というわけではありません。でも、良くない考え、良くない行いがこの方にまとわっているようです」

「はあ。それはいったい、どのような」

「直にこのお方に会っていないので、それ以上のことはわかりかねます」

正右衛門は、この答えに少しがっかりしたようだ。

「そうですか……ではやはり、この借主には出て行ってもらわねばなりますまい」

「それがよろしゅうございましょう」

しかし、と正右衛門は嘆息する。

「相手がどこにいるかわからないのでは、如何(いかん)とも……」

居場所はわかりませんか、と期待する顔を千鶴に向けた。千鶴は小首を傾げる。

「僅かながら、気は感じられます。江戸から出てはおられないでしょう」

正右衛門は、はあ、と生返事をした。江戸にいる、とわかっても、それだけでは役に立たない。千鶴は正右衛門の心持ちを読んで、詫(わ)びた。

「申し訳ございません。今少し手掛かりのようなものをいただければ、もっと明らかにできることがあると思うのですが」

「あ、いえいえ、これは手前の方が不用意でした。どうかお気になさらず」

正右衛門は慌てて言った。

「手前に直に難儀が降りかかることはなさそうだとわかっただけでも、有難いことです」

千鶴は、はい、と頷くが、笑みは見せない。

「ですが、油断は禁物です。気の向きは不変ではありません。与三次郎と名乗った方について、事の次第が明らかになるまでは、身を慎み、危うきところには近付かれませぬように」

「あ、は、はい。ごもっともです。充分に用心いたします」

顔を引き締めた正右衛門を見て、千鶴は安心させるように穏やかな微笑みを浮かべた。

「そうなさってください。あなた様の運気自体は決して悪くございません。今一度申しますが、いつも通り精進されていれば、大きな不幸に出遭うことはないでしょう」

「はい、誠に有難いお言葉です」

正右衛門は居住まいを正し、その場に平伏した。

「本日は、ありがとうございました」

「お役に立ちましたら良かったのですが」

「充分でございます。では、どうかお納めください」

顔を上げた正右衛門は、懐から出した包みを畳に置き、千鶴に差し出した。千鶴は深々とお辞儀をした。

「この先もあなた様に、幸い多きことをお祈りいたします」

正右衛門は、恐れ入ります、これで少し落ち着けましたと再度礼を述べ、座を立った。言葉とは裏腹に、まだ心配が消えないような顔をしている。そういう性分なのだろう。もっと安心するような言い方をしてやれば良かったかな、と千鶴は思った。

千鶴はしばらくそのままの姿勢で座っていたが、正右衛門が瑠璃堂を出て行く気配を捉えると、ほうっと息を吐いて全身の力を抜いた。ほぼ同時に、脇の襖が開いて、男が顔を出した。目付きの鋭い苦み走ったちょっといい男で、年の頃は三十四、五だ。

「客は帰ったぜ」

千鶴に声をかけ、ニヤリとする。千鶴は「あ、そう」と応じると、襟に手を掛けてぐっと引き、胸元を閉めた。火鉢と水晶玉の載った台を脇によけ、正右衛門が置いていった包みを男の方に滑らせる。

「権次郎さん、確かめて」

権次郎は包みを取り上げて開き、中身を出して千鶴に示した。

「一分金（約二万五千円）二枚、間違いなく」

千鶴は、わかったと手を振り、襖の裏から団扇を取り出すと、袴姿で胡坐をかき、顔を扇ぎ始めた。

「やっぱ、火を使ってると暑いわ」

地の声に戻って、首筋を掻く。妖艶さも色気も、何もない。上品で柔らかな声音を使うのも、露出の多い格好をしているのも、全ては商売のためだ。男の客は、薄暗い中で千鶴の白い二の腕と胸元を見せつけられれば、大抵落ち着きを失って目を眩まされてしまう。客が女の場合は、また別の手を用意してある。

「しかしまァ、今日も鮮やかなもんじゃねえか」

権次郎は、ニヤニヤしながら首を振る。

「あいつが大工だったとか、新しい普請をしてるとか、どうしてわかったんだい」

「ああ、それね」

千鶴は、ふふふと悪戯っぽく笑った。

「あいつの手、節くれだってごつごつしてたし、胼胝もできてた。力をかけて道具を使い続けてた職人の手。肩幅や腕の太さから見て、人足ほど力を使う仕事じゃない。顔の焼け具合から言って、ずっと家の中で仕事する指物師や仏師でもなさそう。とすると、大工あたりかなと見当つけた。でも、あの物腰は大工の親方って感じには思えない。それに、右足をちょっと引き摺ってた。だから、足を痛めて大工から商売替えしたんだと思ったわけ」

千鶴の部屋に入る前、客は控えに通されて少しの間、待つ。その間、千鶴は覗き穴から客を仔細に観察することができるのだ。

「なるほど。ンじゃあ、入り婿ってのは」

「家主のところに下働きか何かで入ったんでしょうけど、身なりからすると、今は主になってるよね。でも、長く大工をやってた男がいきなり商才を現したりすると思う？　顔はなかなか悪くないし、旦那の娘に惚れられて婿入りしたってのが、一番ありそうでしょ。ま、これはあてずっぽうに近かったけど」

うーむと権次郎が唸る。

「それじゃ、普請云々の方は」

「控えの間にいるときよく見たら、着物に細かいおがくずと泥が少し、付いてた。そういうものが付く場所と言えば、普請場。うちに来る前に朝からそんなところに寄ったのは、自分の注文した普請だからでしょう。他人様の普請場に、勝手に入ることはないよね。もと大工だから、進み具合が気になるんでしょうね。仕事熱心なこと」

千鶴は、さも当然とばかりに、流れるように話した。

「もう一つ。相談事はその新しい普請のことじゃないでしょって言ったのは、建て替えの吉凶を占うなら普請が始まる前に来るだろうし、普請中に変事が起きたなら、相談先は大工の親方か奉行所か、お祓いしてくれる神社でしょう。だからよ」

「やれやれ、参ったな」

権次郎が額を叩いた。

「聞いてみりゃ、大した話じゃねえ。何度も見聞きしてるってのに、またやられちまった」

「そう簡単な話でもないぞ。余程目をしっかり見開いていないと、そこまで細かいことには気付けない」

　権次郎の後ろで、そんな声がした。

「ああ、梅治。入って」

　千鶴が手招く。声の主は、権次郎の肩を叩いてのっそりと部屋に入って来た。

「今の客の話、聞こえてた？」

　千鶴が問うと、梅治は頷いて畳に座った。動きはいかにも気怠そうだが、その容貌は息を呑むほどの美形である。年は二十六、流し目だけでどんな女も落とす、と半ば冗談で言われた男だ。千鶴とて、初めて会ったときには思わず呼吸を止めそうになったものだ。

「家を貸したが、貸した相手の様子が変だ、ってことだよな」

　だから何だ、とばかりに言って、垂れたほつれ毛をかき上げた。その仕草を見ただけで舞い上がる娘もいるだろうが、千鶴はとうに慣れてしまっている。

「長屋じゃなく、ちゃんとした店なのよ。店賃も馬鹿にならないのに、商いの実入りがないまま きちんと払ってる。しかも、正体がわからない。何か企みがあるに決まってるでしょう」

「ははあ。そいつには元手を費やしても隠れてやりたいことがある、ってわけだ」

　権次郎が、わかったような顔になった。

「匂うかい」

権次郎が聞くと、千鶴はちょっと歪(ゆが)んだ笑みを浮かべた。

「匂うわよ。金の匂いが、ぷんぷんする」

正右衛門の話を聞いたときから、与三次郎なんて贋(にせ)の名だとすぐ見当がついた。この借主は、周到にお膳立てをしている。元手をかけてもいいということは、相当な金が目当てなのに違いない。

「ま、千鶴お嬢は金の匂いについちゃ、殊更(ことさら)鼻が利くからな」

権次郎が額を掻きながら言った。梅治の方は、もう少し慎重だった。

「盗人(ぬすっと)の仕込みかもしれん。危なくないか」

「それは探ってみなきゃ、わかんないでしょう」

千鶴は権次郎に目線を投げた。権次郎は察して、膝を叩いた。

「わかった。ちょいと当たってみよう。軍資金は？」

千鶴は正右衛門が置いていった金包みを指した。

「それ、使っていいから」

「なんだ、二分っきりかい」

権次郎が眉間に皺を寄せる。千鶴は駄目駄目と手を振った。

「何百両って稼ぎになるならいいけど、海のものとも山のものともわかんないんだから」

「相変わらず、しっかりしてらァ」

権次郎は舌打ちして笑うと、二分を懐に納めた。

「権さん、当てはあるのか」

梅治が聞いた。権次郎が、任せろとばかりに応じる。

「まずはその家だ。人が出入りしてる気配があるってんだから、周りを嗅ぎまわりゃ、何か出てくるだろう。ちょいと中へ入ってみてもいい」

それだけ言うと、早速出かけていった。

権次郎は元は岡っ引きで、腕も良かったのだが、女絡みの面倒事を起こして十手召し上げになっていた。縁あって千鶴のところへ転がり込み、もう三年になる。瑠璃堂を手伝いながら千鶴に頼まれた調べ事をこなしており、さすがにそうした仕事には長けていた。この件も、任せておけば何か摑んでくるだろう。

「御免下さいませ」

権次郎が出て行くのと入れ違いに、表で中年の女の声がした。新しい客のようだ。千鶴は梅治に、「お願い」と目配せした。梅治は心得て、表口に向かった。千鶴は裏手の襖を開け、控えの間が覗ける部屋に入った。

間もなく、高価そうな絹織を着た三十過ぎの女が、控えに通されてきた。見たところ、大店のお内儀のようだ。上客だな、と千鶴はにんまりする。そのお内儀は、案内役の梅治に、すっかり心を奪われているようだ。

「どうぞこちらで、しばしお待ち下さい。千鶴様の用意が整いましたら、お迎えに上がります」

梅治が丁重に言って、控えを出た。お内儀は、夢見心地といった顔でそれを見送っている。束の間の夢。ここを出れば、すぐ醒めて消える夢。だが、瑠璃堂で千鶴の占いを聞く間、醒めなければそれでいい。女客は梅治と接すればそちらに気を取られ、千鶴と向き合っても、その手元に注意を向けることはほとんどない。それこそが、梅治の大きな役目なのであった。

二

お内儀の相談は、やはりと言うべきか、旦那の浮気についてだった。旦那が浮気をしていたのか、だとすればお店にどんな災いをもたらすのか、占ってくれという。女客の相談の半分くらいは、この類いの話だ。

本音を言えば、そんなことは人を雇って旦那を尾けさせればすぐ分かる。だが、事実と向き合うのが怖い人もいるし、店が修羅場になるのを避けたい人もいる。千鶴は相手の話と様子からその辺の事情をくみ取り、客が望むようなご託宣を下してやるのだった。

「……残念ではございますが、御懸念の通りかと存じます」

千鶴は、火鉢の炎を赤く燃えさせて重々しく言った。

「ああ、やっぱり」

お内儀は、両の拳を握りしめて俯いた。実際、女房が疑ったら、亭主はほぼ間違いなく浮気している。

「ではございますが、それがすぐにお店に災いをもたらすとは限りません」

千鶴が安心させるように言うと、お内儀は顔を上げた。だいたい、大店の旦那であれば妾(めかけ)の一人くらい、いて当たり前だ。このお内儀のように悋気(りんき)が強くてそれを我慢できない人もいるが、余程の浪費家でもない限り、妾を持ったために店が傾いた、という話は滅多にない。

「人の心は、荒(すさ)めば悪運を呼び込みます。辛抱せよと申すのではありません。これをいかに運気に繋げるかは、あなた様次第でございます」

それからしばらくかけて、千鶴はこのお内儀に、旦那の首根っこを押さえてうまく立ち回れ、という話を、できるだけ厳かに聞こえる言葉を選んで語った。それでお内儀は満足したようだ。千鶴を拝むように礼を述べ、送り出す梅治にまた熱い視線を注いで、帰って行った。

「今度は三分（約七万五千円）か」

梅治は千鶴の部屋に戻り、お内儀の置いていった金包みを確かめて言った。

「ま、いい稼ぎなんじゃない」

楽な姿勢になって立膝をした千鶴が言った。あの手の相談は手慣れたもので、答えもだいたい、同じ中身を言葉を入れ替えて喋っているだけだ。それで一回三分なら、悪くはない。

「三割くらいは、梅治の見料だし」

千鶴は梅治の顔を見ながら笑う。梅治は苦笑のようなものを浮かべた。女客の多くは、梅治見たさに来ているのだ。元は森田座の人気役者だったので、その頃からの贔屓もいる。粉をかけようとする女客もいるが、梅治は上手にあしらっていた。

一方、男客の半ばは千鶴目当てだ。だが、横に梅治が侍っている。言い寄ろうと考える男も、我が身と梅治の容姿を引き比べれば、太刀打ちできないと諦めるしかない。つまり梅治は、女客を呼び寄せ、男客を千鶴に近付けないという二重の役割を務めているのだ。

では、客たちが考えるように、梅治は千鶴の情夫なのか。普通に考えれば、これだけの美男美女が一緒にいるのだから、当然だ。だが、そうではない理由があった。

「ねえ梅治。ちょっと聞くんだけど」

千鶴が、脇に座った梅治に言った。

「あの本妙寺の若いお坊さん、その後どうなったの。近頃、会ってないように思うんだけど」

「ああ、それか」

梅治は、情けなそうに眉を下げた。

「住職にばれちまってね。関わりを禁じられた。当分外へ出られないらしい」

「それは……」

ご愁傷さま、と千鶴は慰めの表情を見せた。

「衆道の交わりとは、実にも業（げ）の深きものゆえ……」

「その言い方、やめてくれ」

占い師の口調になって言うと、梅治が顔を顰（しか）めた。

「でも、これで何人目よ。罪深いわねえ」

「俺は、そんなつもりはない」

梅治は、また情けない顔に戻って下を向いた。梅治が役者を辞めたのも、さる御旗本の御小姓といい仲になったのが殿様に知れて不興を買い、御小姓は追放、梅治も森田座にいられなくなったからだ。その傷を癒すためか、梅治は何度も恋路を求めては失敗するのを繰り返している。昔からの思い人がいるような気配もあるが、それについて話したことはない。

ついでに言えば、権次郎も千鶴とはそういう関わりではない。権次郎は年増好みで、親子に近い年の差がある千鶴とは、その気になれないのだ。千鶴は美形の優男と男臭い強面を両脇に置きながら、どちらとも男女の仲ではないのである。

「それより、今朝の正右衛門の話だが」

梅治は無理やり、という感じで話を変えた。

「どうも、危ないことになりそうな気がする。控えた方が良くないか」

「それ、梅治の勘なの」

千鶴は、揶揄するような目付きで言った。梅治が、むすっとする。

「まあ、確かに勘だ」

「そりゃまあ、梅治の勘はよく当たるけど。権次郎さんの調べを待ってから考えればいいでしょ」

「千鶴さん自身は何も感じないか」

「ええ、何も。だからさ、頭から心配し過ぎないで」

梅治がそう聞いたのには、理由があった。占いこそ見せかけだけだが、千鶴は昔から、漂う気配や人の発する邪気のようなもの、或いはその乱れを感じ取ることができた。それが僅かなりとも占いをそれらしく見せる役に立っている。正右衛門からは、悪いものは感じ取れなかった。

　千鶴は梅治の背中を叩いた。

「要はどれだけ稼げそうかって話。算盤が合わないとわかれば手を引きゃいいでしょ」

「それはそうだがなァ」

　梅治は、やれやれと肩を落とした。

　権次郎は早くも翌朝、千鶴のもとへ知らせに来た。

「昨日の話の家だがね。猿屋町の甚内橋のすぐ傍だ。正右衛門が言ってた通り、戸は閉め切ったままで商いの気配もねえ」

「人気はなかったのね」

「俺が見たときは、な。近所で聞いてみたんだが、昼間の出入りは誰も見てねえ。だが、夜になってから二、三人が出入りしてるのに気付いた奴がいる」

「昼間は動きが無くて、夜だけ？　めちゃめちゃ怪しいじゃない」

　千鶴が勢い込むように言った。

「家の中も見てみたの」

「もちろん。入り込むのは簡単だった」

「盗人紛いだな。人に見られてないだろうな」

梅治が渋面を作ると、権次郎が鼻で嗤った。

「俺を誰だと思ってやがる。見られるようなヘマをするかい」

「で、何か見つけたか」

権次郎は、いいやとかぶりを振った。

「全くの空家だ。だが、埃は積もってねえ。出入りがあるのは間違いねえな。特に裏手の方だ。よく見ると、土間に足跡が一杯あった」

「裏手には何が？」

「川だ。裏は鳥越川になってる。舟が着けられるよう、石段もある」

ふうん、と千鶴は腕組みした。

「川か。もしかして、舟を使って何かしたかったから、その家を借りたのかな」

「そいつはどうかな」

梅治が首を捻る。

「舟なら、深川でも大川沿いでも、使える家や店は幾らもあるだろう。猿屋町みたいな建て込んでいて水路も狭いところじゃ、人目につきやすいんじゃないか」

「人目についても構わねえと思ったんじゃねえか。荷運びを装えば、別段目立つこともあるめえ。それに、動くのを夜中にすりゃ人目は考えなくていい」

　そうね、と千鶴も頷く。

「でも、特に猿屋町を選んだのは、それなりのわけがあるでしょう」

「条件に合うところでたまたま空いてたのが、あの家だっただけかもしれない」

「じゃあその、条件ってのは」

　権次郎に問い返されて、梅治は口籠った。これという考えがあるのでもないらしい。代わって千鶴が聞いた。

「ところで鳥越川っていうと、その先は」

「その先？　ええっと、確か西側は、下谷のこっち側、佐竹様の御屋敷の前の、三味線堀で行き止まりだ。反対の東は、四、五町（約五〇〇メートル）も行きゃ大川に繋がって……」

　そこで千鶴が権次郎を遮った。

「待って。大川に繋がるところって、確か」

「御蔵前だ」

　梅治が、ぽんと手を叩く。

「あの界隈には、札差の蔵がぎっしり並んでる」

　千鶴が口元に満足そうな笑みを浮かべた。

「さあ金の匂いが濃くなってきた。面白そうじゃない」

三

権次郎はそれから、猿屋町界隈をもう少し探った。あの店の裏手に舟が舫われているのを見た者はいないか、夜に出入りした者の顔や背格好はわからないか、など聞き込んだのだ。しかし、そう都合良くは運ばなかった。初めに聞いた、夜に出入りした者がいたという話以上は、出てこなかったのである。

あまりしつこく聞き回ると、界隈の岡っ引きの目を引いてしまう。権次郎は、しばらく様子を見るしかないな、と仕方なさそうに告げた。

「いつまでも空家を借りっぱなしってことはないでしょう。そのうち動くよ」

千鶴は焦ることもなく言った。こちらには急ぐ事情はないのだから、何か釣り針にかかるまで待っていれば良い。

二日ほど、何事もなく過ぎた。三日目の朝、五ツ半（午前九時）を過ぎた頃、思わぬ客が現れた。

「蔵前の、佐倉屋喜兵衛ですって？」

客が受付で台帳に記した名を梅治に告げられ、千鶴は眉を上げた。

「佐倉屋って言うと、確か御蔵前片町の札差だよね」
「ああ。札差としちゃ、江戸でも十指に入る大店だ」
梅治も、大いに興味を引かれているようだ。じゃあ早速、と千鶴は控えの間の隣室に入り、そこに通された喜兵衛の様子を、覗き穴から仔細に見つめた。覗き穴は、壁板に描かれた絵の中に隠されている。径は小さいが、からくり細工師の手で遠眼鏡に使う硝子をはめ込み、大きく見えるようにしてある優れものだ。

　控えの間に座る喜兵衛は年の頃四十五、六。鬢にはだいぶ白いものが混じっている。分限者らしく太ってそれなりの貫禄はあるが、背は割に小さい。目はやや細く、視線は落ち着きなくあちこちを彷徨っている。着物と羽織は鼠色の小紋。懐からは、数珠のようなものが覗いている。よく見ると、着物の裾と白足袋には泥が付いていた。ふむ、と千鶴は首を傾げ、下がって外の様子を確かめた。前夜に降った雨はとうにあがり、初夏の強い日差しが照りつけている。庭の地面もほぼ乾いていた。

　千鶴は覗き穴に目を戻した。喜兵衛は焦れてきたらしく、何度も身じろぎをしている。まだ呼ばれぬかと、襖の向こうを窺う様子も見せた。もういいだろう。千鶴は梅治に目配せし、自分の占い部屋に戻った。

　ほどなく、喜兵衛が梅治の案内で部屋に入り、千鶴の前に座った。すぐさま畳に両手を突く。

「佐倉屋喜兵衛と申します。よろしくお願い申し上げます」

「本日は早くからのお出まし、恐れ入ります」

「いえいえ、評判の千鶴様の御見立てを頂戴するのですから、なるたけ早くと存じまして」

千鶴は朝が遅いので、瑠璃堂が開くのはだいたい五ツ半頃だ。喜兵衛は一番を狙って来たものと見える。喋り方も心持ち早口なので、せっかちなのだろう。が、敢えて千鶴は急がない。それなりの前振りが必要だ。

「本日ご相談に来られたことは、お店の方々には内緒なのではございませんか」

喜兵衛の目が見開かれた。

「は、はい、どうしておわかりに」

千鶴は答えず、ただ微笑む。

「御蔵で、何事かございましたか」

喜兵衛はさらにぎょっとした。

「これは……さすがの慧眼、恐れ入りました」

「御蔵で、常ならぬことが起きたのですね。余程のご心配とお見受けします」

「さ、左様でございます」

喜兵衛は目を瞬き、神か仏でも見るような目で千鶴を見つめている。千鶴は内心、ニヤリとした。これで喜兵衛はこちらのものだ。
難しい話ではなかった。喜兵衛の裾と足袋に泥が付いていたのは、昨夜の雨でぬかるんだ道が乾ききらないうちに歩いてきたからだ。蔵前から菊坂台までは、およそ三十町（約三・三キロ）。歩き通せば半刻（約一時間）ほどかかるので、店を出たのは五ツ（午前八時）頃。まだ道は乾いていなかったろう。しかしこの距離では、佐倉屋ほどの店の主人なら普通は馴染みの駕籠屋を呼ぶはず。そうせず歩いて来たのは、どこへ行くのか駕籠屋を通じて店の者に知られたくなかったからだ。

どんな用向きなのかは、喜兵衛の振舞いを見ていれば見当がついた。喜兵衛は、ひどく急いでいる。すぐにも解決したい何かがあったのだ。浮気や病など家の私事なら、そこまで急を要する占い事はほとんどないだろう。札差にとって一番の心配は、やはり金絡みだ。だが、常の商いの上で何か起きただけなら、これも大急ぎで占いに頼る必要はあるまい。急な変事としても、盗みや詐欺など、目に見えることなら役人の領分だ。瑠璃堂に来たのは、常ならぬ、不可解な出来事があったからに違いない。そんなことが起きるとすれば、普段人の目が届かない蔵でだろう、と見たのだった。

千鶴は改めて、喜兵衛に目を据えた。ここからが本番だ。

「あなた様のご心痛に、私にどのような手助けができますでしょうか」

はい、と喜兵衛は溜息をついた。この男、先日の正右衛門以上に心配性なのかもしれない。そこそこ際どい格好の千鶴を前にしても、全然気を奪われた様子がないのだ。

「実は昨夜、手前どもの蔵に何者かが忍び入った気配があるのです」

おや、と千鶴は眉をひそめた。そういう話なら、奉行所へまず知らせるべきだ。占いを頼む場合ではない。が、それは喜兵衛も承知しているようで、急いで後を続けた。

「ところが、何も盗(と)られてはいないのです」

「盗られていない？　なのにどうして、誰かが忍び込んだとわかるのです。錠前が破られていたのですか」

「いいえ。錠前は無事でした。ですが今朝、店を開ける前に蔵に入ってみたところ、千両箱が動いていたのです」

「動いたとは……置かれていた場所がずれていた、ということですか」

「そうなのです。決して見間違いではございません。埃が擦(こす)れた跡もございました」

これはどういうことだろう。千鶴は考えた。千両箱に誰かが手を掛けたのは間違いないとすると、それだけでやめたのは何故なのか。重すぎて運び出すのを諦めた？　いや、千両箱の重さもわからずに札差の蔵に盗みに入るような馬鹿がいるものか。

「そうですか。それでは、私に何をお求めでしょう」

「はい。お願いと申しますのは……」

喜兵衛は言い難(にく)そうにもじもじしながら、俯き加減で話した。

「手前どもの店のある場所には、かつて稲荷があったと聞いたことがあります。もしや狐(きつね)の仕業か、あるいは何かの悪霊の仕業ではないかと恐ろしくなりまして」

「悪霊と言われますと、大変失礼ではございますが、何か思い当たるご事情がおありでしょうか」

「いえ、とんでもない」

　喜兵衛は目を剝(む)いて、大きく手を振った。

「佐倉屋は私で四代目になりますが、これまでそれほどの恨みを買ったことはございません。ですが、悪霊と申しますのは、たまさか行き遭った人にも憑(つ)くと申しますし、何が災いを招くかわかりません」

　やれやれ、何を言ってるんだと千鶴は少々呆(あき)れてきた。懐に数珠を持っている辺り、相当信心深い、いや迷信深い人物だとは想像がつくが、度が過ぎる。

「何しろ、錠前を破りもせずに入り込んでいるのです。これこそ人ならぬものの仕業ではあるまいかと」

　それって、鍵を盗まれたか、鍵を持ち出せる誰かの悪戯、とまず考えなきゃ駄目でしょう。大丈夫なのかこの店は。

「わかりました。それでは、お祓(はら)いのようなことをお望みでしょうか」

　思っていることは口に出さず、厳かな口調も崩さずに言った。喜兵衛は、お祓いも有難いですがまずは、と答える。

「このことが手前どもの店に災いをもたらさないものか、占っていただきたいのです」

「ああ、そういうことでございましたら」

「恐縮ではございますが、狐にせよ悪霊にせよ、もし占いで何者の仕業か見出せるようならば、それもお願いをいたします」

まあそれなら、答えは作れるだろう。どうも占いをよろず悩み事相談と勘違いする客が多いが、こちらとしてはその方が商売になる。どうせ格好だけなのだ。

千鶴はいつもの通り、火鉢と水晶玉の載った「占い台」を引き寄せた。水晶数珠をそれらしく振り、火鉢に手をかざして隠した火薬を落とし、ぱっと炎を出す。喜兵衛が目を見開いて身を引いた。

千鶴は呪文風に聞こえるよう、出鱈目を小声でぶつぶつと吟じ、また手を炎の上で何度か滑らせる。今度は僅かな手の動きで炎に秘伝調合の粉をかけた。炎が紫がかったような赤に変わる。喜兵衛が恐れるような目付きでそれを見ていた。

色の付いた炎を出すには、秘伝の方法があった。種々の鉱物や金属には、燃えると固有の色を出す性質がある。例えば、正右衛門が目にした青緑の炎は、銅の薄片を燃やしたことによるものだった。千鶴はこれを使い分け、災いなしのご託宣を出すときは青や緑を使い、厄介事になりそうなときには赤や橙色を出すようにしている。今、喜兵衛の目の前で赤い炎を上げたのは、悪だくみの匂いを嗅いだからだった。

儀式を終え、火鉢に合掌した千鶴は、うっすら目を開いて低い声で告げた。

「何やら、邪な気を感じます」

喜兵衛が、ぎょっとしたような表情になった。

「そ、それではやはり、何かの祟りが……」

「いえ、祟りや悪霊といったものではございません」

「悪霊の類いではない、と……」

喜兵衛が訝しむような顔つきになる。

「はい。既に亡くなったお方ではなく、生きているお方でしょう。黒く淀んだものの気配が、あなた様の周りに漂っています」

「それは……」

喜兵衛は自分の左右に黒い何かがあるように、恐る恐る首を巡らせた。

「あの、私の周りに悪意を抱く者がいる、ということでございましょうか」

千鶴は、ゆっくりと頷いた。

「おそらくは、そのような」

佐倉屋の身代は、万両単位になるはず。そんな店の中で何か起きているなら、うまく立ち回れば、かなりの実入りが期待できるのでは、と千鶴は思っていた。そのためには、喜兵衛の口からできる限り中の様子を聞き出しておきたい。

「もう一度伺いますが、何もお心当たりはございませんか」

「いえ、心当たりというようなものは……」

喜兵衛はまた否定しかけたが、その目が泳ぐのを千鶴は見逃さなかった。祟りではなく現世の人間の仕業かもと聞いて、気になることがあったのだ。千鶴は、ゆっくり攻めることにした。

「佐倉屋さんには、ご家族と奉公人の方々はどれほどいらっしゃいますか」

「はい、内には、女房のお登喜（とき）が。倅（せがれ）の喜一郎（きいちろう）は大坂へ修業に出ておりまして、娘は既に嫁いでおります。奉公人は番頭が四人、手代が十二人、小僧が十人、女衆が九人の、合わせて三十五人でございます」

「御蔵に出入りされるのは、どの方ですか」

「鍵を持って自由に出入りできるのは上の番頭二人ですが、番頭手代は用事があれば鍵を借り、蔵に入ることができます。ですが昨夜は番頭も手代も、蔵へ入っていないと申しております。他の者は、蔵に近付けておりません」

「左様でございますか。しっかりとお守りになっているのですね」

千鶴が確かめたかったのは、喜兵衛以外に蔵の鍵を預かっている者がいるかどうかだったが、幸い喜兵衛の方から言ってくれた。

「蔵から何もなくなっていないのは、間違いございませんか」

明け六ツ（午前六時）に店を開けたとして、蔵に入ったのがその直前とすれば、喜兵衛が瑠璃堂に出かける五ツまでは一刻（約二時間）ほど。その間に蔵じゅう全部を確かめるのは難しいのではと思った。

「はい。無論、米蔵を含む全てを調べたわけではございませんが、動いた様子のある千両箱は、開けて確かめました。いわゆる切り餅と申す形で、小判と一分銀、それぞれ二十五両（約二百五十万円）ずつ紙包みで封印しております。それは全くそのまま、手つかずでございました」

「動いていた千両箱は、一つだけだったのですか」

「いいえ、隣り合ったものも僅かに動いていました。そちらも確かめましたが、中は無事です。鍵も壊されたりしておりません」

「千両箱の鍵も、番頭さんが？」

「蔵の鍵と一緒に納めてありますので」

それなら、蔵の鍵と一緒に持ち出せるわけだ。ちょっと不用心ではないか、と思ったが、鍵と千両箱についてばかりあれこれ尋ねるのも不審を招きそうなので、この辺でやめておく。

千鶴は一度背筋を伸ばし、水晶数珠を手首に掛けて合掌の姿勢を取った。

「お店の方々について、お一人ずつお伺いしてまいります。まず、一番上の番頭さんのお名前とお年は」

「あ、はい、一番番頭は昌之助と言いまして、ちょうど四十になります」

話の向きが変わり、喜兵衛は少し惑い気味になったが、すぐに答えた。

「喜兵衛様から見て、信の置けるお方でございますか」

「え、ええ、長年精一杯勤めてくれておりまして、充分に信を置いております」

千鶴は合掌したまま小さく顎を動かして、頷いた。

「では、次のお方は」

「二番番頭の克之助は、三十三でございます」

「信の置けるお方でございますか」

「はい、信を置いております」

「三番目のお方は」

「三番番頭の竹之助は、三十五でございます」

この番頭についても、四番番頭についても、喜兵衛は信が置ける者と答えた。手代については、名前と年だけをまとめて答えてもらった。本当を言うと、蔵の鍵を預かる一番番頭と二番番頭についてだけわかれば良かったのだが、喜兵衛に余計な疑いを抱かせないよう、全部聞いてみたのだ。

「……これで、よろしゅうございますか」

「結構でございます」

千鶴は合掌を解き、また火鉢に手をかざした。今度はさっきより淡い赤色の炎が上がった。

「千鶴様、これは……」

喜兵衛は恐れるように炎を見つめている。千鶴は、炎の色が元に戻るまで待って、言った。

「やはり何か、黒い気配がございます」

喜兵衛が目を剝く。

「で、では、奉公人の中に悪事を企む者がいると？」

千鶴は、ゆっくりとかぶりを振った。

「急いで決めつけてはなりませぬ。今すぐにも災いを起こすようなことが企まれている、と申すわけではございません。それを知るには、まだ気が薄うございます」

できるだけ安心させるような、穏やかな口調で言ってやる。

「ですがどうか、御身辺にもお店の商いにも、今まで以上にお気を付け下さいませ。何事においても、ご用心が肝要。用心は災いを遠ざけますゆえ」

「ははっ、ごもっともでございます。身の回りには充分、気を配るようにいたします」

喜兵衛は千鶴のおかげで、悪霊云々の恐れからは解放されたものの、奉公人への疑いをやんわりと刷り込まれた格好になり、心配を残した顔色のまま店へ帰っていった。

千鶴は喜兵衛の置いていった紙包みを手に取った。

「ははあ、さすがに札差の大店だねえ」

手触りでわかった通り、開いてみると一分金が四枚、一両（約十万円）であった。

梅治が覗き込んで、ふうんと唸る。

「やっぱり金になりそうな話か。蔵の中で何があったかは、よくわからんが」

「そうね。忍び込んだ奴は、何がしたかったんだろう」

「あの旦那、金以外の何かが蔵から消えてるのを、見過ごしてるんじゃないか。書付とか証文とか」

「証文なんか蔵に入れとく？」

「いや、それは俺も知らんが」

言っておきながら梅治は頭を掻いた。千鶴が、ふん、と笑う。

「まあいいわ。でも、取り敢えず怪しいのは、昌之助っていう一番番頭かも」

「え、何でそう思うんだ」

「喜兵衛さんに、番頭一人ずつについて信が置けるかと聞いたとき、一番番頭のときだけ躊躇いの気を感じた。答えに間があって、言葉数も多かったし。腹の内じゃ、一番番頭に含むところがあるみたいね」

「ほう……相変わらず鋭いな」

梅治は、褒めるように千鶴に笑いかけた。

四

「へえ、佐倉屋の旦那が来たのか」

外から帰って来た権次郎が、意外そうに言った。

「羽振りのいい大店で、占いなんぞには縁がなかろうと思ったが。蔵で妙なことがあったって？」

「そうなの。これで千両箱が五つ六つ、ごっそりやられてたってんなら、猿屋町のこと結びついたかも、だけど」

「ああ……そう言や、佐倉屋の裏手も鳥越川に通じてるな」

千鶴が思ったのは、何者かが佐倉屋の蔵を破って千両箱を運び出すために、猿屋町の店を借りたのでは、ということだった。だが実際には何も盗られていないわけだから、両者を同じ土俵に上げることもできまい。

「まあ、別物と思っておいた方が良さそうだな」

梅治が言うと、権次郎も賛同した。

「で、どうする。猿屋町より佐倉屋の方が、金になると思うかい」

「そりゃあね。猿屋町の方はまだ何があるのかも見えてこないけど、佐倉屋の蔵には現に千両箱が並んでるじゃない」

舌なめずりするような千鶴に、権次郎は苦笑した。

「佐倉屋をうまく引きつけて、しばらくの間、見料をせしめ続けようってわけかい」

「それに、もしうまく蔵のことを解き明かせれば、たんまり礼金を貰（もら）えるでしょ」

確かにな、と梅治が頷く。

「ふん。それじゃ猿屋町はちっと置いといて、佐倉屋の方を探ってみるか」

権次郎も得心したようだ。

「権さんは、佐倉屋について耳に挟んでることはないのかい」

梅治が聞いた。元岡っ引きの権次郎は、十手召し上げになったとはいえ江戸のあちこちに伝手（つて）が残っており、町中の噂もいろいろと仕入れている。だが権次郎は、「生憎（あいにく）、これと言ってねえな」とかぶりを振った。

「しかし三十何人も奉公人がいるんじゃ、揉（も）め事の二つや三つ、あるだろう。あんたの見立てによると、一番番頭ってのが怪しいんだな」

「少なくとも、喜兵衛さんはそいつを信用し切れてないみたいね」

「ま、あんたの目は誰よりも確かだからな。そいつが悪戯したのかどうかはともかくとして、佐倉屋の評判を聞いてみるとするか」

権次郎は任しておけという風に言って、ひょいと手を出した。軍資金の催促だ。千鶴は喜兵衛の見料から、一分金を二枚出して渡した。

「なんだ、また二枚こっきりかい」

「面白いネタが出てきそうなら、もっと渡すよ」

はいはい、わかったよと権次郎は立ち上がった。早速、御蔵前に出向くつもりらしい。しっかりね、と千鶴は笑って手を振った。


その日はあと三人客を迎え、合わせて一両二分（約十五万円）ほど稼いだところで七ツ半（午後五時）の鐘が鳴った。日暮れ時に来る客はいないので、そろそろ戸を閉めようかと思ったとき、権次郎が菊坂を下って来るのが、裏手にある丸窓を通して見えた。やや急ぎ足になっているところをみると、もう何か摑んできたのだろうか。

「権次郎さん、やけに早いじゃないの」

表から座敷に上がってきた権次郎に、千鶴が声をかけた。汗ばんだ顔の権次郎は、うんうんと何度か頷きながら、千鶴と梅治の前で胡坐をかいた。

「ああ、結構暑いな。今、おりくさんに冷やを一本、頼んできた」

おりくというのは、下の長屋に住む今年で六十になる婆さんだ。瑠璃堂を作る前からの付き合いで、飯炊きや掃除、風呂の用意などの雑事をやってくれている。占いの場には立ち会わないが、客用の茶道具や煙草盆などは、おりくがいつも用意していた。亭主を亡くした独り身ながら、体は至って丈夫なので、瑠璃堂の手伝い以外は気ままに暮らしている。今はちょうど、夕餉の用意の最中だろう。

「いやあ、聞いてみるもんだな。あの界隈でちょいと噂を拾おうとしたら、あっという間に読売五枚分くらいの話が入ってきたぜ」

権次郎は団扇を使いながら、面白そうに言った。

「佐倉屋ってのは、ずいぶん強欲な商いをするようだな」

「強欲？」と梅治が怪訝な顔をする。

「ああ。御家人連中にだいぶ細かく金を貸してるんだが、高利のうえに取り立てが厳しいらしい」

「細かい上に、利息が高いの」

千鶴も首を傾げた。札差は大名旗本、御家人の年貢や扶持米を金に換えるのが商いだから、その取引相手に金を融通するのも商いのうちだ。しかし、佐倉屋ほどの大店が小口で高利の金貸しを盛んにやっているのは、どうも似つかわしくないように思える。

「それじゃ、巷の評判はあまり良くなさそうだな」

梅治が言うと、それだよ、と権次郎が指を立てた。

「ずいぶんと泣いてる人がいるってことだ。それなりのお侍だって、先立つものがなきゃあ、女房子供を食わせられねえし、体面も保てねえ。武士は食わねど高楊枝ったって、いつまでも続けられるもんじゃねえや」

「でも、お侍相手にそんな厳しい取り立てなんてできるの。御家人の御屋敷に、やくざ者を雇ってすごみに行かせるわけにいかないでしょう」

「そこはそれ、本音と建て前さ」

権次郎は団扇を千鶴に向けた。

「そりゃあ正面切って、金を返さなきゃ娘を売り飛ばすぞなんて言えやしねえさ。けどお侍の方も、一旦は返さなきゃ二度と借りられねえとなると、にっちもさっちも行かなくなる。真綿で首を絞めるように、じわじわと来るんだ。結局は追い詰められることになる」

「うーん、確かに、米の値が下がると下っ端の御家人さんはすぐに切羽詰まる、なんて聞くけど……」

そこへ裏手から、「はいはいご免なさいよ」と声がして、盆を持った白髪の小柄な婆さんが入ってきた。盆には徳利が三本、載っている。

「あ、おりくさん。ごめんなさいね」

千鶴が微笑んで、軽く頭を下げる。おりくは笑みを返して、盆を畳に置いた。

「お、三本もつけてくれたのかい。有難ぇ」

権次郎が目尻を下げて手を伸ばす。そこへおりくがぴしゃりと言った。

「一人で夕飯前に三本も飲むんじゃないよ。三人分なんだから」

へいへいとおとなしく返す権次郎を一睨みしてから、おりくは千鶴に言った。

「今日は鯊を貰ったから、天婦羅にするよ。あと、里芋の煮つけね」

「わ、それは美味しそう。楽しみだな」

千鶴は手を叩いた。おりくの料理の腕は、なかなかのものだ。一方この場にいる三人は、いずれも家事がさっぱりである。千鶴も一度、梅治にけしかけられて料理をしてみたことがあったが、消し炭になった飯と、前世は魚だったかもしれない残骸を見て、一同すっぱり諦めた。瑠璃堂は、おりくに裏で支えられているのだ。

「ところで今ちょっと聞こえたけど、御蔵前の佐倉屋さんの話かい」

急におりくが言ったので、権次郎ははっとしたように顔を向けた。

「何だい、おりくさん、佐倉屋を知ってるのかい」

「まあ知ってるってほどじゃないけどさ。あたしらが行くような店じゃないし。でも、高利貸しみたいなことをして恨まれてるってのは、聞いたことあるよ」

千鶴たちは、揃っておりくの顔を見た。

「おりくさんの耳にも入ってるとは思わなかったな。誰か知り合いが関わったりしたのかい」

権次郎が聞くと、おりくは困ったような顔になってそうっと梅治を窺った。

「え、何だい。どうしたんだ」

落ち着かなくなった梅治が問うと、おりくはなぜか済まなそうに言った。

「あのさ……磯原さんの話なんだけど」

梅治が驚きを浮かべる。

「磯原修蔵か。まさかあいつが、佐倉屋から金を借りているとか」

「実は……ご本人から聞いたわけじゃないんだけど、どうもそうらしいんだ。近所の人が、佐倉屋の手代が何度も磯原さんの家に来てるのを見たって。そのたびに磯原さん、暗い顔になってたって言うから……」

梅治は憂い顔になり、腕組みしてうーむと唸った。一方、千鶴と権次郎は眉をひそめた。

「磯原さんって……幼馴染の人のこと？　実家の近所の御家人だったよね」

梅治は黙って頷いた。

「そうなんだ……」

千鶴も、梅治同様に憂いを顔に浮かべた。梅治に今でも付き合いがある年上の幼馴染が一人いることは知っていたが、名は初めて聞いた。その幼馴染が苦境に陥っているのなら、梅治は心穏やかでいられないだろう。

「おりくさんは、どうしてその磯原って人を知ってたんだい」

権次郎に問われ、おりくは迷うように梅治を見た。梅治が目で同意を告げたので、おりくはほっとしたように話し始めた。

「梅治さんがここへ来て、あまり間のない頃だけどね。たった一人のお友達の奥方が、病だって話でね。梅治さんに頼まれて、鰻か何かだったかな、精のつくものを届けたんだよ。梅治さん、見た目がこういう具合だから、ご近所に見られると何かと面倒ってことで」

御家人はだいたい同じくらいの身分の者が、固まって家を構えている。なるほど、梅治のような女形か二枚目役者然とした男が訪ねて行けば、近所にあれこれ噂されるのは避けられまい。

「俺から直に見舞いを渡そうとすると、固辞するに決まっているしな」

梅治が言った。声が少し寂しげだ。

「奥方は亡くなったが、その後もおりくさんには、何度か様子を見に行ってもらっていた」

「それで佐倉屋の手代のことを耳にした、ってわけか」

権次郎が得心したとばかりに言った。

「こう言っちゃなんだが、磯原さんってのも懐具合は……」

「ああ、俺の実家と同じくらい貧乏だ」

梅治は自嘲気味に言った。今でこそそうは見えないが、梅治も御家人の出だった。家は三十俵の少禄で、いつも金の工面に追われていた。梅治はいくら真面目に勤めても上向く気配のない暮らしに嫌気がさし、憧れていた役者の世界へ入ろうとしたのだ。

結局勘当され、家を飛び出した。当然の成り行きだろう。親戚や近所からも見放されたが、唯一、磯原修蔵だけは理解を示し、今に至るも細い繋がりを保っていた。梅治の両親は既に他界している。親族の間でも梅治の存在は恥として縁を切られているので、唯一磯原だけが、過去と繋がる糸なのだ。弟が継いだ梅治の実家は磯原の家のすぐ近くにあり、それも出向けない大きな理由だった。

「奥方の薬代のために、佐倉屋から借金していたのかもしれんな」

梅治は、ひどく残念そうだった。自分に言ってくれれば何とかしたのに、という思いがあるに違いない。

「おりくさん、どうだろう。磯原の借金が幾らぐらいか、聞けないか」

「そりゃ無理だよ」

梅治に言われたおりくは、即座に断った。

「聞いたところで、恥になるようなことを私なんぞに言うもんかね」

「おりくさんの言う通りだ。気になるなら、俺がその手代を摑まえて、聞き出してやる」

権次郎が言った。梅治は、機会があるようなら頼む、と手で拝む仕草をした。

「梅治、肩代わりしようっての」

盃を上げて冷や酒を啜ってから、千鶴が問うた。

「磯原さんにも、体面もありゃ意地もあるでしょ。素直にありがとう、って受けるかな」

「そういう武士の体面という奴が嫌で、俺はこうしてるんだが」

梅治は渋面を作ったが、千鶴の言うことはもっともだ、と承知しているようだ。

「まあ、そこは何とかうまくやろう」

「だよね。梅治にとっちゃ、何より大事な人なんだろうし」

千鶴の言葉に梅治は、その通りというように微笑した。

「さてと。あたしゃ、鯊の下拵えをしなきゃね」

おりくはこれを潮時と、腰を上げた。権次郎が、頼むよと片手をひらひらさせる。

梅治は柱にもたれ、様々思うことがあるのだろう、黙々と盃を口に運んでいる。

五

妙な噂が瑠璃堂に入って来たのは、二日後だった。

「贋金（にせがね）、ですって」

千鶴は、目を丸くした。権次郎が真面目な顔付きで言う。

「そうなんだよ。佐倉屋の周りを探っているうちに聞き込んだんだが、この数日で出回り始めたらしい。札差や両替屋の間じゃ、ちょっとした騒ぎになりかけてるぜ」

贋金造りの話は昔からあるが、近頃ではあまり聞かない。千鶴も、実際に目にしたことはない。だが本職の両替屋が心配しているというなら、確かな話だろう。

「おっつけ、読売屋も嗅ぎ付けるんじゃねえか。江戸中に話が広まるのなんざ、あっという間だ」

「それって、両替屋が騒ぐほど出来がいいの？　本物となかなか見分けがつかないとか」

「そりゃあそうさ。一目でわかるような贋金なんか、造ってもしょうがねえだろ」

「権次郎さんが、その贋金を見たわけじゃないんでしょう」

「噂じゃ、贋金は小判らしい。そんなもん、俺には縁がねえからな」

小判、と聞いて千鶴は少しほっとした。江戸の町の人々が普段使うのは、一分金くらいまでだ。小判を日頃の買い物に使ったり、手間賃にくれたりすることはほとんどない。店同士の取引や大名旗本の勘定では使われるが、町で使うには細かい金に両替する必要がある。贋の小判が出たなら、まず被害を蒙るのは両替商だった。

「うちでも、見料として小判一枚置いていく人がたまにいるから、気を付けるに越したことはないわね」

「そうさなあ。何万枚って贋小判が流れ出た様子でもねえから、うちで見つかるなんて富籤に当たるようなもんだが」

権次郎としては、まだまだ他人事のようだ。

「千鶴さん、儲け話になるか考えてるのか」

少し首を捻っていると、権次郎がからかうように聞いた。千鶴は顔を上げ、権次郎を横目で睨む。

「儲ける云々って話じゃないわよ。でもねえ、小判って専ら、毎日お金を扱って鍛えられた両替屋さんの目にさらされるわけでしょう。それを誤魔化せるだけの代物を造らないと、すぐにばれてしまうよね」

「ああ、そりゃあそうだが」

権次郎が、何を言いたいんだ、という顔をすると、後ろから梅治が言った。

「よほどの腕と道具がなきゃ、使える贋小判は造れない、ってことさ」

ははあ、と権次郎が膝を打つ。

「それだけのことをするには、結構な元手が要るな。材料だって、金らしく見えるようなものを選んで調達しなきゃならねえ。いや、ほんのちょっとだけ金そのものを使ってるかもな。元を取るには、何百枚、何千枚って数を出さねえと、割に合わねえ」

こいつは大ごとになるな、と権次郎は腕組みした。

「そういうこと。御奉行所は、もう動いてるのかしら」

「いや、両替屋に役人や目明しが大勢出入りしてるって様子は、まだねえ。しかしもう御奉行様の耳にゃあ、入ってるだろう。表に出ねえところで、探り始めてるんじゃねえか」

元岡っ引きらしく、権次郎が答えた。だろうな、と梅治も言う。

「奉行所としちゃ、早くに表沙汰にして騒ぎを大きくしたくはなかろう。贋金を心配して商いが滞るようなことになったら、厄介だ」

「さすがに江戸中の商いがどうこうってことには、ならないと思うけど。でもみんなが不安になると、あたしたちの商売もつけ込めるんじゃないかな」

それを聞いた権次郎が、何だ、やっぱり儲け話を考えてるんじゃねえか、と笑った。

次の日、早速贋金絡みの客があった。千鶴が期待したのとは、ちょっと違ったが。

「千鶴様は、お聞き及びでしょうか。近頃、この江戸に贋金が出始めたとか」

相談に来たのは四十過ぎの商家の旦那だった。千鶴は男から匂うほのかな香りと、着物の僅かな染みなどで、酒屋とわかった。さらに細かく震える顔の筋や、なかなか止まらない目の動き、手の汗ばみから、非常に芯が細く気が弱いことを見抜き、早々に相手を恐れ入らせていた。

「伝え聞いてはおります」

短く答えると、客は懐から財布を出した。まだ支払いには早いぞと思っていると、財布から小判を出して畳に並べ始めた。これは何ですと千鶴が聞く前に、客は額に浮いてきた汗を拭って、気恥ずかしそうに言った。

「これが贋金でないかどうか、占いでわからないものかと存じまして」

何ぃ？　そんなもん、占いで決めるこっちゃないでしょうが。千鶴は呆れたが、そこは商売、粛然とした表情を保ったまま言った。

「できぬこともございませんが……両替屋さんではお役に立ちませぬか」

「は、はい。そうは思ったのですが……」

客は落ち着きなく、もじもじしている。千鶴は代わって言ってやった。

「お近くで、贋金を摑んでしまったお方がいらっしゃるのですね」

瑠璃堂を頼るほど心配になったのは、近しいところでそんなことがあったせいだろうと、容易に想像がつく。思った通り客は目を見張り、まさしく左様でございますと言った。

「さすがは千鶴様。実は神田の同業で親しくしている者が、店の金箱に贋小判があるのを見つけたのです。両替屋さんを通ってきたものだったのに」

「そのお方は、両替屋さんが見落としたものを、どうして贋金と看破なすったのですか」

「はい。たまたま夕方の陽の光が差し込みましたところ、一枚だけ輝きが鈍いのに気が付いたそうです。見た目の形だけでは、なかなかわかるものではない、と」

輝き、か。なるほど。贋金はやはり、金とは違うものでできているらしい。

「しかし私の目で見分けられるか、如何(いかん)とも自信がなく、千鶴様のお力にすがるのみで」

「承知いたしました。では、やってみましょう」

千鶴は占い台を出し、客の出した五枚の小判を手前に並べた。客からは小判が見えない。千鶴は火鉢に火を立てると、いつもの通り水晶数珠を振った。それから、短い小枝を数本束にしたものを持ち、火鉢から火を移して何度か回した。これは格好だけで、別に意味はない。

次にその小枝の束を、松明(たいまつ)のように小判に近付けた。ぐっと屈(かが)んだので、大きく開けた襟元から、火に照らされた千鶴の胸の谷間が客に見えたはずだ。案の定、客が生唾を吞み込む気配がした。これで千鶴の手元には注意が向かないだろう。

小判に火を近付け、輝き具合を確かめる。念のため、手触りも調べた。五枚とも同じようだ。これなら、もし贋物が混じっていたとしても、誰にもわかるまい。ならば全部本物、と断じればいい。

千鶴は合掌しつつ顔を上げてから、さっと右手を振って火鉢に銅の薄片を入れた。青緑の炎が上がる。客の目が大きく見開かれた。

「ご安心下さいませ。どれも、本物でございます」

客は、大きく安堵の溜息をついた。

「ありがとうございます。これで気が休まりました」

客は畳に額をつき、見料二分を置いて帰った。五両の真贋(しんがん)を確かめるために二分費やすとは、割に合わないいんじゃないのと千鶴は思ったが、小心者の客はそういう考えをしなかったようだ。こちらとしては有難いが。

客を見送ってから、梅治が苦笑した。

「占いで贋小判を見破れとは、まいったな。意外にこれは、商売になるか」

「いや、さすがに筋違いでしょう。今はうまく格好付けたけど、万一贋小判を目にしても、見分け方がはっきりしてない限り、素人のあたしたちには無理ね」

だろうな、と梅治は頭を搔いて立ち上がり、裏手の障子を開けて縁側に出た。涼風が、瑠璃堂の中を通り抜ける。少し暑くなってきたところだったので、千鶴は風が頬を撫でていく心地良さをしばし味わった。

縁側の先には生け垣があり、その向こうは下を通る菊坂まで、七尺（約二・一メートル）ばかりの段差がある。菊坂の南の寺や家並みは瑠璃堂よりだいぶ低く、立ってそちらを向くと、江戸の町の甍(いらか)の連なりが、見渡す限りに広がっている。甍の先には、御城の石垣。こんもりとした緑に、櫓(やぐら)の白壁が垣間見(かいまみ)えた。千鶴がここに瑠璃堂を建てたのは、この景色が気に入ったからでもある。

しばし風景を愛(め)でるようだった梅治が、何に気を惹(ひ)かれたか、菊坂の上の方にさっと目をやった。そちらを向いたまま千鶴に声をかける。

「おい、佐倉屋が来るぞ」

「え？　また来たの」

佐倉屋が来たのは、三日前だ。再訪には早過ぎる。また何か店で不可解なことが起きたのかもしれない。梅治は障子を閉め、表に回った。千鶴は正座し、息を整えた。

「千鶴様、先日は誠にありがとうございました」

佐倉屋喜兵衛は、千鶴の前で恭しく一礼した。心配性らしい顔付きは相変わらずだが、焦った様子はなく、まずまず落ち着いている。何か起きたというのではないようだ。

「佐倉屋様、またのお運び、恐縮に存じます。気の具合を拝見しますに、先日のような変事があったわけではございませんね」

「おっしゃる通りでございます。蔵にはあれから不寝番を立たせておりますので、何事も起きておりません」

喜兵衛は、早速恐れ入って答えた。不寝番とはえらい迷惑な話だね、と千鶴は奉公人に同情する。

「本日伺いましたのは、先日、手前どもの奉公人の間に黒い気配があると御見立てをいただきましたのが、どうにも気になりまして」

喜兵衛は懐から紙の束を出すと、広げて千鶴の方へ向けた。

「詳しく見るには気が足らぬ、とのことでございましたので、番頭手代についてわかっていることを書き記して参りました。干支（えと）や生まれた日にち、生まれた土地、ほくろの位置など、できる限りに。こちらに、手形も採っております」

喜兵衛は紙をめくって見せた。言う通り、墨の手形が捺(お)してある。

「いかがでございましょう。これで充分かどうかはわかりませんが、これをもとに番頭手代の誰に怪しげな気配があるか、占っていただくわけにはまいりませんでしょうか」

千鶴は内心で、うひゃーと叫んでいた。奉公人に気を付けるよう促したことで、余計疑心暗鬼になったらしい。干支やら手形やらを見せられても、誰が怪しいかなんてわかるわけがない。これは困った。

とにかく何か格好をつけないといけない。千鶴は紙の束を受け取ると、自分の前に並べた。占い台を引き寄せて、喜兵衛から紙束が見えないようにする。おもむろに水晶数珠を取り上げ、拝むふりをしながら懸命に考えた。

三日前来たとき、喜兵衛は一番番頭の昌之助に、何か含むところがある様子を見せた。この場は、それで何とかするしかあるまい。

千鶴は紙を繰り、昌之助について書かれたものを見つけ出した。手と数珠の勿体(もったい)ぶった動きで意図を隠しつつ、適当な呪文をぶつぶつ呟いてから、その紙をつまんでそっと持ち上げた。生地は三ノ輪(みのわ)、干支は戌(いぬ)。生まれ月は睦月(むつき)。手形を見ると、さほど大きくはなく、指が太い。きっと体つきも太目なのだろう。

「ご本人を見ておりませぬので、はっきりとしたものを感じ取るのは難しゅうございますが」

前置きしてから、千鶴は昌之助の紙を喜兵衛に示した。

「こちらのお方に、いささか暗いものを感じます。お待ちを」

えっと眉を上げる喜兵衛を制し、千鶴は紙を火鉢にくべた。たちまち紙が燃え上がる。そのとき、こっそり雲母の欠片を振りかけた。炎がわずかに紫色になった。

「やはり……何かあるようです。この方に災いが起きるのか、この方が災いを為すのか、そこははっきりとは申せませぬが」

おう、と喜兵衛が感嘆の声を上げた。

「申し訳ございませんが、お教えいただいたことをもとに私に見えますことは、これまででございます」

千鶴は済まなそうな顔を作って、頭を下げた。喜兵衛が慌てて両手を振る。

「いえ、充分でございます。この佐倉屋喜兵衛、感じ入りました。お見事でございます」

昌之助を挙げたことで、喜兵衛はすっかり得心したらしい。急に顔色が良くなった。

「おかげさまで、気が落ち着きました。厚く御礼申し上げます」

喜兵衛は深々と礼をし、瑠璃堂を後にした。梅治は喜兵衛を見て、来たときより背筋が伸びたみたいだな、と言った。

瑠璃堂でも、小判が入ってくることは月に一、二度くらいしかない。

「あら、今日は小判だわ」

喜兵衛の出した見料を改めた千鶴は、ちょっと可笑しくなった。さっき贋小判の話を持ち込んだ客があったと思ったら、その後すぐに小判が手元に来るなんて。

「気を付けろよ。贋小判かもしれんぞ」

梅治が冗談めかして言った。まさかね、と千鶴は笑い、金箱に小判を丁重に納めた。

その翌日、また小判に絡んだ客が現れた。続くときは続くものだ。

「浅草並木町から参りました、近江屋幸吉と申します」

客は千鶴の前に出ると、受付の帳面に書いた通りに名乗った。

「わざわざのお運び、ありがとうございます」

千鶴も常の通りの挨拶を返す。ただこの幸吉は、読みにくい客であった。中肉中背で、顔にもあまり特徴はない。年は四十にも三十にも見え、ごくごく目立たない感じの男であった。明日、道ですれ違っても、たぶん気付かないだろう。まあこういう客も、時々は来る。

着物は、絹地ではないが上等で洗練されており、着こなしにも隙がない。茶色の着物に鼠色の帯は、野暮ったくなりがちだが、微妙な色合いの組み合わせで、逆に粋にいた。

見える。これは着物に関しては玄人筋だと踏み、そう言ってやると、相手は目を見開いた。

「恐れ入りました。太物を商っております」

「そうですか。本日は、商いのことで何か」

ちょっと深刻そうな顔つきに見えたので、水を向けてみた。やはり幸吉は、そうなのですと言った。

「実は昨日、店の大戸を下ろしてから勘定を締めてみますと、金箱にちょっと気になる小判がございまして。調べてみたら、贋物でございました」

おっと、またそいつが出て来たか。どうも縁があるようだ。

「どうしてわかったのでございましょう」

「はい。手前は昔から反物を扱い続け、手触りで様々なことがわかるようになりました。この小判も、手触りが僅かに違うような気がしたのです。そこで気になって、懇意にしている両替屋さんに出向き、詳しく見てもらいました。その結果、贋物と。両替屋さんのお話では、近頃少しずつ、そのようなものが出回っているとか」

「左様でございましたか。でも早々に見つかり、よろしゅうございました」

他へ流さないうちに、よく見つけたものだ。微笑んでやったが、幸吉は浮かない顔である。

「ご心配のご様子ですね」

笑みを消して問うと、幸吉は俯いた。

「十枚も、あったのです」

え、と千鶴は驚いた。襖の裏にいる梅治が、身じろぎする気配がした。

「御役人には、お届けに？」

「いえ、まだでございます」

何か躊躇する事情があるのだろうか。千鶴は思い付いて聞いてみた。

「十両（約百万円）となりますと、どなたからお受け取りになったものか、おわかりではございませんか」

幸吉は、びくっとするように肩を震わせた。

「はい……何軒かに絞れるのですが……いずれもお得意様ばかりで、その……あらぬ疑いをかけ、もし間違っておりました場合……」

言い難そうに訥々と話した。そうか、と千鶴も何となくわかった。間違いだった場合、お得意様の不興を買って商いに差し障りが出ることを心配しているのだ。店の信用にも傷が付くだろう。それを考えると、役人に届けてお得意先にお調べが入るのは、できるだけ避けたいに違いない。

「わかります。迂闊には動けぬとお悩みなのですね」

だいたい用向きの筋が読めてきた。

「どうぞ、お望みをおっしゃって下さいまし」

「ありがとうございます。この贋小判をどうすれば良いか、商いの先行きがどうなるのか、占っていただきたく存じまして」

「承知いたしました。そのまま、お待ち下さい」

商いの相談なら、慣れている。千鶴は占い台を前に置き、いつもの手順で水晶数珠を手首にかけた。そのまましばらくの間、数珠を振り、目を閉じて呪文を呟き、合掌して火鉢に炎を立てる、という動作を滞りなく行った。炎は青緑の方にした。不安がる客には、安心を与えてやるのが一番だ。

「ご案じなさることはありません」

千鶴は合掌したまま、告げた。

「この先も精進をお続けになれば、これが為（ため）に商いが衰えることはございません」

「おお、左様でございますか」

幸吉の顔が、ぱあっと明るくなった。

「それを聞いて安堵いたしました。お言葉通り、これからも正直な商いを心がけ、精進してまいります」

幸吉は丁寧に礼をし、二分が入った紙包みを差し出して、足取り軽く帰って行った。

千鶴は幸吉を送った梅治が戻ると、真面目な顔になって言った。

「また贋小判よ。どう思う」

「うむ。十枚となると、穏やかじゃないな。こりゃあ、思ったより早く江戸中に出回ったのかもな」

「でも、その話が立て続けにうちに持ち込まれるってのは、どうなのよ」

「ふん。それは……」

梅治も、首を捻った。

「腐れ縁、と片付けりゃいいと思うが……」

呟きながら、梅治の顔は逆のことを語っていた。まだ何かあるかもしれない、と。

六

昼を過ぎた頃、また客がやって来た。今度は、顔見知りだ。だが、客と呼べるかどうか。どちらかと言えば、あまり来てほしくない相手であった。

「御免よ」

そう声をかけただけで、案内も請わずに入ってきたのは、八丁堀(はっちょうぼり)だった。

「おや、小原田(おはらだ)様。今日は何事でしょうか」

梅治は愛想笑いを浮かべたが、相手は笑みも返さずじろりと睨みつけてから、控えの間にどっかりと胡坐をかいた。

「ああ。ちょいと聞きてえことがある」

北町奉行所定廻り同心、小原田藤内は、仏頂面を梅治に向けて言った。

「客は来てねえようだな。権次郎はどうした」

「今日は野暮用のようで、出かけております」

小原田は、かつて岡っ引きの権次郎を使っていたことがあり、十手召し上げの経緯もよく知っている。それで権次郎は小原田と顔を合わせるのを避けているが、彼の評によると、同心としての小原田の腕は可もなく不可もなし、というところだそうだ。

「そうか。千鶴はいるな?」

「千鶴様は奥に……」

梅治が言いかけたところで、この様子を覗き穴から見ていた千鶴は、座敷側に回って控えの間の襖を開けた。

「これは小原田様。いつもいつも、御役目ご苦労様でございます」

千鶴は占い用の巫女装束で畳に手を突く。小原田の視線が胸元に吸い寄せられ、表情が緩んだ。

「何かお尋ねの儀がおありでしょうか」

「お、おう。実はまだ公にゃしてねえことなんだがな」

小原田は惜しそうに千鶴の胸元から目を上げた。小原田は三十過ぎの妻子持ちで、頬骨が高く顎が尖っているため武骨者に見えるが、実際はそうでもない。向ける目付きでわかるように、千鶴にご執心の一人でもあった。時々こうして瑠璃堂を訪れるが、千鶴に粉をかけるためなのか真面目な御用なのか、判然としない場合が多い。今も梅治は小原田の背中を、明らかに揶揄する目付きで見ていた。

「まあ、そのような内々の大事なお話を私に？」

千鶴が首を傾げてやると、少しばかり小原田の鼻の下が伸びる。

「ああ……このところ、市中で贋金が出回り始めてな」

「まあ、贋金」

その話か。やはり権次郎が言ったように、奉行所は動き始めているのだ。

「つい先日、神田の三島屋ってえ酒屋から、届け出があった。贋小判が出た、ってな」

小原田は、千鶴の反応を見るように言葉を切った。千鶴は、あのことか、と思い当たった。昨日、小判の真贋を見てくれと言って来た酒屋の知人で、贋小判を見つけた同業の者、というのがそれに違いない。

「それで、だ。界隈の同業の店を順に当たったんだが、その三島屋から話を聞いた一人が、ここへ小判を持ち込んだらしいな」

「はい、そのお方なら確かに、昨日お越しになりました」

「そうかい。奴は、何て言ってきたんだ」

「小判を五枚お持ちになり、贋物ではないかどうか、占ってほしいと」

「贋小判かどうか、占いで確かめろってか」

小原田は呆れたように目を剝いた。

「そんなもん、占いで決めるようなことか」

千鶴は、くすくすと笑う。

「おっしゃる通りですが、怪しい気があるかどうか程度ならば、どうにか。贋物とは思えません、とお伝えしたところ、お喜びでした」

「ふうん、そうか」

小原田は気のない返事をしてから、千鶴に顔を近付けた。

「で、正直なところ、どうなんだ。贋小判じゃねえって、はっきりわかったのか」

「少なくとも、贋物であるというような感じは、いたしませんでした」

千鶴は無難に答えた。小原田は疑わしそうな顔をしたが、それ以上は突っ込まなかった。

「ま、人を安心させるか脅すかってのは、お前のところの商売の胆だからな。こいつに関しちゃ、安心させてやるのがいいと踏んだわけだ」

「小原田様、それはあまりなおっしゃりようで」

梅治が苦言を呈したが、小原田は黙ってろと手を振った。

「奴は他に何か言ってなかったか。贋物を使われたような心当たりがあった、とか」

「いえ、何も。ただ、小判をお持ちになっただけです。ご不審なら、ご本人にお聞きになれば如何でしょう」

千鶴が言うと、小原田はちょっと顔を顰めた。

「とうに聞いたさ。お前さんのところへ来たのは、別に贋物を使われたと思うような事情があったわけじゃなく、三島屋の話を聞いて心配になったからだ、と言いやがる。ずいぶん臆病な話だが、本音をここで漏らしてねえか確かめただけだ」

左様でございますか、と千鶴は微笑んだ。小原田の顔がまた緩む。

「その他に、贋金のことで何か相談を持ちかけて来た奴はいねえか」

「ございませんが……」

近江屋のことは、八丁堀に話すつもりはなかった。

「小原田様、何度も申し上げておりますが、この瑠璃堂に来られた方々のご相談につきまして、何もかもお話しする、ということはいたしかねます。小判の真贋といったことぐらいならばよろしゅうございますが、皆それぞれ、人には言えぬご事情をお持ちでございます。人には言えぬことであるからこそ、この瑠璃堂を頼られる方もいらっしゃるのです。何卒、お汲み取りいただけますよう」

きっぱりと言って、丁寧に頭を下げると、小原田はたじろいだ。

「あ、ああ、そうか。なけりゃあいいんだ」

それから気を取り直したように咳払いした。

「お前さんの言うことはわかるが、御定法に触れるような話なら、こっちも目をつぶるわけにゃあいかねえ。もし贋金について何か持ち込んでくる奴がいたら、教えろ。悪いようにゃ、しねえから」

わかりました、と千鶴は再び頭を下げた。一本、釘を刺しておけば充分だ。八丁堀との関わりは、付かず離れずが一番。

「今日のところはこれで帰る。他にも妙な話があったら、頼むぜ」

小原田は梅治をもう一度睨んでから立ち上がり、表口に向かった。すかさず梅治が袖の下を渡す。小原田は無言で受け取り、千鶴の「御役目ご苦労様でございました」の声に送られて外に出た。

「早速に、小原田の旦那が来たかい」

日暮れ前に戻って来た権次郎は、千鶴たちから話を聞いて、なるほどな、と言った。

「御役人も、思ったより手広く動き回ってるようだな」

「権次郎さん、そっちはどうだったの」

権次郎は、佐倉屋の様子をまだ探り続けていた。

「ああ。例の昌之助って一番番頭だが、旦那の喜兵衛とあんまり仲が良くねえ、ってのは本当のようだな」

「へえ、どんな具合に」

千鶴が身を乗り出す。

「それが、ちょいと面白くてな」

権次郎が、思わせぶりにニヤリとした。

「商いのやり方で、そりが合わねえらしい」

「ほう。と言うと」

梅治も少なからず興味を引かれたようだ。

「喜兵衛旦那は、うちへ来たときの様子からわかるように、小心者だ。なのに、欲は人並み以上に深いらしくてな。御家人がたに高利で金を融通するのは昔からやってたが、喜兵衛の代になってそれを広げていったらしい」

「ふむ。そりが合わないってことは、昌之助はそれが気に入らないのか」

それよ、と権次郎が指を立てた。

「昌之助は、そんなちまちました稼ぎに精を出すな、って考えだ。大名家なんかにでっかく貸すなり相場を張るなりして、ごっそり利を取る。そういうのが、札差の本分だろうってわけさ」

「もっともな話ね。喜兵衛さんは、どうしてそうしないの」

千鶴が聞くと権次郎は、それこそが性分ってやつだ、と答えた。

「小心者の喜兵衛は、大名家に大金を貸して焦げ付いたり、米の相場が大きく下がったりしたら店が終わる、と怖がってるのさ。それはそれで間違っちゃいねえが、怖がるばかりじゃ大きな商いはできねえ」

大名貸しは、取り潰しや踏み倒しの危険が常にある。相場は常に上下を繰り返す。それをよく承知したうえで、どこまで踏み込むか、どこで見切るか、見極めるのが商いだ。喜兵衛はそれが不得手なのだろう。

「つまり、貸し倒れになっても傷が少ない小口の貸金ばかりに絞って、それを広げていってるわけか。あんな大店の札差としちゃ、せせこましい話だ。昌之助が不満なのもわかるな」

友がそのせいで難儀をしている梅治は、苦い顔をした。

「大勝負に出ようとする旦那を、もっと堅い商いをしろと番頭たちが止める話はよく聞くけど、佐倉屋さんはあべこべじゃないの。珍しいわね」

千鶴は、喜兵衛の考えに乗って昌之助に黒い影があるとご託宣を出したのは、失敗だったかなと思った。

「小口の高利貸しをやめさせて、昌之助さんの言う方向に向かわせた方が良かったかも。磯原さんみたいに苦しむ人が減るし、うまく大儲けする方向に持ってけば、佐倉屋さんからの礼金も大きくなるんじゃない？」

かもしれんな、と梅治も頷く。

「と言っても、そうすぐに向きを変えられねえだろう。こっちを頼られても困るし」

権次郎が言った。それもそうねと、千鶴が応じる。相場を占ってくれという客も少なくないのだが、曖昧な答えは出し難く、間違って大損を出させたら厄介なので、できるだけ避けるようにしているのだ。

そこで梅治が聞いた。

「ところで権さん、贋金についちゃ、何か聞き込んだか」

「ああ、そっちの方な。いや、新しい話はねえんだが、噂が広まり出してる。この分だと八丁堀も、そう長くはこのことを抑えておけねえだろう」

「まあ、今のところ贋物は小判だけだ。本気で心配してるのは、大店の連中ぐらいだろうな」

「それでも、うちに二人も贋金の話を持って来たぐらいだから」

そこで、ふと思い付いたというように千鶴は言った。

「うちにも小判がないわけじゃないし、ちょっと見てみようか」

「え、贋小判かどうか調べるのかい」

権次郎が驚いた様子で言った。

「そう言えば、うちにそんなものが来るなんて、富籤に当たるようなもんだって権次郎さん、言ってたよね」

「ああ。まさかそんなもん……」

千鶴は、差し込んでくる夕陽を指した。梅治が、そうか、と得心した声を出す。

「三島屋とかいう酒屋が、夕陽の光が当たった小判のきらめき具合がおかしい、と贋物を見破ったんだったな」

「そうよ。丁度いい陽の具合じゃない。試してみようよ」

千鶴は金箱を取り出すと、中身を改めた。小判は三枚だけだ。

「陽の光を当てるなら、そっちだろう」

梅治が縁側近くを指し、千鶴は畳に落ちている光の中に、小判を置いた。三枚の小判が、光を受けて輝く。

「どうだい、三枚ともまともかい」

権次郎が、半ば笑いながら聞いた。千鶴は目を眇めたり斜めから見たりしてみたが、違いはよくわからない。

「そうねえ。大丈夫そうだけど」

言いながら、畳に這いつくばってみた。やはり同じ輝きに見える、と思って近付いたとき、はっとした。

「あれ……これは……」

同じ文政小判なのに、左端の一枚の輝きが鈍いように思えた。角度を変えて、もう一度見る。やはりおかしい。山吹色が、少しくすんでいるようだ。

千鶴は真剣な目になって、その一枚を取り上げた。何気なく見ていたときは気付かなかったが、仔細に確かめると、他の二枚と比べて艶がない。どう見ても新品に思えるのにも拘わらず、だ。

「どうしたんだ」

千鶴の顔つきに気付いたらしい梅治が、声をかけてきた。千鶴は振り向き、その小判を梅治の目の前に突きつけた。梅治の目が、大きくなる。

「まさか？」

千鶴は「ええ」と目を怒らせた。

「輝き具合がおかしい。褪せた感じがする。権次郎さん」

千鶴は権次郎に小判を手渡した。

「明日、両替屋に持ってって確かめて」

「おう、わかった」

権次郎も笑みを消していた。

「これ、どっから受け取ったやつかわかるか」

千鶴は力を入れて首を縦に振った。

「一番上にあった。つまり、受け取ったばかりのものってこと」

「それはつまり……」

梅治は答えを知って、眉を上げた。そうよ、と千鶴が言う。

「昨日、佐倉屋さんから貰ったやつよ」

七

次の日、権次郎は朝のうちに両替屋へ行き、一刻ほどで帰ってきた。千鶴はその顔を見て、自分の目が正しかったことを悟った。

「贋物だったのね」

権次郎は、即座に「ああ」と答えた。

「いつも使ってる両替屋の、丸高屋（まるたかや）の旦那に見てもらった。あそこじゃ、まだ贋小判は持ち込まれてなかったそうだが、同業の間で話は回ってるってことだ。じっくり見てもらったが、贋物に間違いねえとさ」

「口止めはしといてくれた？」

　権次郎は、無論だと手を振る。

「抜かりはねえや。両替屋仲間でも、八丁堀からむやみに口外するなと言われてるそうだしな。うちが掴まされた贋小判についちゃ、様々な所に迷惑がかかるんで、八丁堀にも黙っといてくれ、と頼んでおいた」

「わかった。それであの小判、どんな代物なの」

「丸高屋が言うには、混ぜ物をして金に似せてあるが、ほぼ銅らしい。はっきりとは言えねえが、おそらく金は砂粒ほどしか入（へえ）ってねえだろう、ってことだ。しかし細工は見事で、ちょっと見にはわからねえと」

　やはりそうか。両替屋が本気で検（あらた）めないとわからないなら、初めに思った通り、元手をかけた大仕事に違いない。

「なあ千鶴さん、こんな手の込んだ贋小判を作るなら、何千枚って数を出さねえと割に合わねえって話、してたよな」

　権次郎も千鶴と同じことを考えているようだ。

「今のところ小出しにしてるようだが、これは試し使いじゃねえか」

「うん。ちょっとやそっとじゃ贋物と気付かれずに使われていく、ってのを確かめてるのね。これならいける、と見切ったところで、大量に流し始める」

それだな、と権次郎が賛同した。

「しかし、小判を大量に流そうとすると、できるところは限られてる。両替屋か、でなきゃ……」

「札差、とか」

千鶴が言わんとすることは明白だった。だが、同時に二人は首を捻る。佐倉屋が嚙(か)んでいるとすると、なぜそんなことに手を染めるのだろう。

昼までに失(う)せ物探しの婦人と、縁談の吉凶を占ってほしいという商家の主が瑠璃堂を訪れた。いずれも、割合簡単な仕事だ。いつも通り、婦人は梅治の、商家の主は千鶴の容姿に注意を奪われていたので、毒にも薬にもならないご託宣を告げると有難がって帰った。

昼からは、瑠璃堂を休みにした。千鶴は巫女装束を脱いで、扇の柄をあしらった艶(あで)やかな紅掛花色(べにかけはないろ)の着物に濃紫の帯をしめた。髪は結う暇がないので、垂髪のまま後ろでまとめている。ちょっと鯔背(いなせ)で、水茶屋の看板娘か辰巳(たつみ)の売れっ子芸者にも見えた。きちんと島田を結えば、大店のお嬢様にも旗本家のお姫様にも化けられる千鶴だが、今日はそこまで格好を整える必要はない。

留守をおりくに任せた千鶴は、梅治と権次郎を連れて、御蔵前に向かった。目当てはもちろん、佐倉屋だ。客として行くわけではなく、一度様子を見たかったのである。

御蔵前通りに面した佐倉屋の店は、間口十七間（三〇メートル余り）の堂々たる構えだった。人の出入りも盛んで、しばらく見ている間にも御家人や大名家の家人とみられる客が、三人、五人と暖簾をくぐっていた。

「景気が悪そうには見えないな」

梅治が呟いた。手拭いで顔を覆うようにしているのは、ついつい女子衆の目を引いて覚えられてしまう顔立ちのせいだ。

「表から見ただけじゃ、わからねえこともある」

権次郎は佐倉屋の店先から目を逸らして言った。強面風の権次郎があまりあからさまに見ていると、盗人の下見に間違われかねない。

「それはそうだけど、金のためには悪事も辞さない、ってほど切羽詰まった匂いはしないねえ」

千鶴が小声で言った。気を集中させてみたが、この佐倉屋の店先に不穏なものは感じなかった。

「なあ千鶴さん、そんなに店を睨みつけてると、変に思われるぜ」

権次郎が、こっそり袖を引いた。堅苦しい顔になっていたかな、と千鶴は頰を緩めた。

「睨んでるように見えた？」

「ああ。悋気を起こした旦那の馴染みの芸者が、店に乗り込もうとしてるように見えた」

「ちょっと、何よそれ」

千鶴は権次郎を肘で小突いた。梅治がくすっと笑う。

「痛ぇな。ますます怒ってる芸者みてえに……おっと、あいつを見ろよ」

店から、誰か出て来た。四十くらいの小太りの男。喜兵衛ではない。丁稚が行ってらっしゃいましと送り出している。

「あれが一番番頭の昌之助だ」

へえなるほどと、千鶴は南の浅草御門の方へ向かう昌之助の背を、目で追った。瓦町か茅町の同業か、日本橋の方の取引先へでも用事で出向くのだろう。行き合った知り合いに挨拶している物腰は、いかにも商家の番頭らしい。だが小心者の喜兵衛に比べると、ずっと鷹揚に見えた。そりが合わない、というのも何となく頷ける。

「おっ、もう一人だ」

権次郎が囁(ささや)いたので、さっと店の方に向き直った。別の番頭らしい男が、二人連れの侍を見送りに出たところだった。どこかの家中の、勘定方か何かのようだ。

「侍を送り出してるのが、二番番頭の克之助だ」

権次郎が顎で指すのを見て、おや、と思った。年は三十三と喜兵衛から聞いたが、それよりも若く見える。確か三番番頭より年下だったから、相当できる男なのだろう。しかも、目鼻立ちのはっきりしたなかなかの二枚目だった。ふと気付くと、梅治がじっと克之助に視線を注いでいる。

「なかなかの美形じゃないか。商家の番頭には似つかわしくないな」

「え？　ちょっと梅治、一目惚れなんて言わないでよ」

「えっ、いやいや、そんなつもりじゃない」

慌てて首を横に振ったが、梅治の頰には朱が差していた。権次郎がニヤリとする。

「そうなんだよ。この界隈じゃちょっと知られた二枚目だ。今は女房持ちだが、独り身の時分はだいぶ女を泣かせたって話もある。おっ、お内儀も姿を見せたぞ」

侍たちが去って克之助が暖簾の内に入るのと入れ違いに、落ち着いた色目の高価そうな着物の女が出て来た。年の頃は三十五、六か。品のある一方、年増の色香を漂わせてもいる。後ろに、風呂敷包みを持った十七、八の女衆を伴っていた。買い物か何かだろうか。

「喜兵衛旦那の後妻で、お登喜さんってんだ。なかなかいい女だろ」

権次郎は目尻を下げてお登喜を見送っている。梅治が権次郎を突っついた。

「権さん、ああいうのが好みか」

「へへ、まあ、そうだな。あの何とも言えねえ色気は……」

そこで権次郎は軽口を止めた。千鶴の様子が変わったのに気付いたからだ。

「どうした千鶴さん。何かあるのか」

「ええ……ちょっとね」

千鶴は打って変わった気分で、佐倉屋を見つめた。顔が強張ったのが、自分でもわかる。

「妙な気が、流れてる」

「え？　さっきは何もないように言ってたじゃねえか」

「そう。今の人たちの動きがあってから、変わったの」

「今のって……昌之助かい、克之助かい、それともお内儀？」

権次郎が聞くと、千鶴は唇を噛んだ。

「わからない。けど、やっぱりこの店、何かあるよ。表から見えない奥に、穏やかでない何かが」

千鶴は、行こう、と二人を促した。権次郎と梅治は、それぞれ佐倉屋を疑いの目で一瞥してから、千鶴に付いて御蔵前片町を後にした。

瑠璃堂に帰った三人は、額を突き合わせた。

「妙な気、って言ったが、どんな具合だい。やっぱり贋金絡みか」

期待するように権次郎が聞いた。千鶴はかぶりを振る。

「ちょっと違うのよねえ。あたしの感じるのは、人の悪意のようなもの。それが、どろっとした黒い何かになって、まとわりついてくるの。贋金がどうとかって、そんなはっきりした話じゃなくて」

なかなか難しいもんだな、と権次郎が腕組みする。

「番頭かお内儀か、他の奴なのかわからねえが、誰かが悪だくみしてるかも、ってんだな」

「そういうのが、一番近いかもね」

そうか、と梅治も考え込む。

「落ち着いて考えれば、佐倉屋のような札差の大店が、贋小判を造ったりするとは思えないな」

「じゃああの小判は、たまたま佐倉屋の財布に紛れ込んで、たまたまうちに来ちまっただけ、ってのかい。札差の手元に一枚だけ贋小判が来るなんて、どうもしっくりこねえな」

権次郎は得心がいかないようで、しきりに首を捻る。

「何かの支払いで、誰かがまとまった数の贋小判を佐倉屋に掴ませたんじゃねえのか」

梅治はこれには賛同しなかった。

「それじゃあ、贋小判の出元がすぐに手繰られちまう。そんな不用心なやり方はしないだろう」

それもそうか、と権次郎も頭を掻く。結局、三人とも思案投げ首となったところで、障子が叩かれ、おりくが顔を出した。

「何を揃って難しい顔してるんだい。そろそろ夕餉にするよ」

そりゃ有難ぇ、と権次郎が言って、その場はお開きになった。だが千鶴の頭からは、佐倉屋で感じたあの妙な気配が、なかなか去ろうとしなかった。

その気配が一番悪い形で現れたのは、翌朝のことだった。

八

瑠璃堂の敷地にはもう一棟、平屋の建物がある。三間ほどの座敷と厨に、小さな風呂場も設えられており、寺で言う庫裡に当たる。千鶴と梅治は、ここで寝起きしていた。無論、別々の部屋で寝ているのだが。

権次郎とおりくは、外の石積みの下、菊坂を挟んだところの長屋に住んでいた。あまり知られていないが、その長屋は千鶴の持ち物である。毎朝、飯の支度におりくがやってくるのに合わせ、千鶴と梅治は起きるようにしていた。飯ができた頃に権次郎が起き出し、揃って朝餉をいただくのが毎朝の習慣である。

その朝、干物と味噌汁の朝餉が終わる頃、ばたばたと瑠璃堂の敷地に駆け込んで来る足音がした。まだ朝五ツで、客が来るような刻限ではない。

「何だろうね、朝から気ぜわしい」

おりくがぶつぶつ言っておひつを片付けようとしたとき、表戸が叩かれ、同時に大声で呼ばわる声がした。

「権次郎親分、こっちですかい。あっしです。半助です」

おや、と眉を上げた権次郎に、梅治が聞いた。

「半助って、権さんの手下だった奴か」

「ああ、そうだ。あいつにゃ、佐倉屋の様子に目配りして、何かあったら教えてくれと頼んでたんだが」

半助は権次郎が岡っ引きだったとき、下っ引きをやっていた男だ。今は権次郎もよく知る仲間の惣六という親分のところで世話になっているが、時折り権次郎が仕事を頼むこともある。なので、今でも権次郎を親分と呼んでいた。

構わねえから入ってこい、と権次郎が声をかけると、すぐに半助が座敷に現れた。ずっと走って来たようで、荒い息をしている。ぺたんと畳に座り、千鶴たちに「どうも」と軽く挨拶すると、何があったと聞かれる前に話し出した。

「親分に言われて佐倉屋に気を付けてたんですが、今朝早くに大騒動になりやして」

「勿体付けるな。どんな騒動だ」

「へい、番頭の昌之助ってのが、殺されたんで」

何ッ、と一同が色めき立った。

「殺しに間違ぇねえのか」

「匕首か包丁で、ずぶりとやられてるんで。朝起きた女衆が庭先で倒れてるのを見つけて悲鳴を上げ、店中の奉公人が飛び出て来て、大騒ぎに。手代が番屋に走って、俺も惣六親分と一緒に駆け付けやした。今、佐倉屋は役人だらけです。ごった返してきた隙に俺ァ抜け出して、知らせに上がったってわけで」

　一気に喋ると、半助はおりくの差し出した椀の水をぐっと飲み干し、一息ついた。

「あんたは昌之助の死骸を見たのかい」

　梅治が確かめると、半助は「へい」と答えた。

「土蔵近くの中庭に、うつ伏せで倒れてやした。後ろから二、三度刺されたみたいですね。背中が血まみれで」

　おりくが、「おお、やだやだ」と身を竦めた。

「殺されたのは、夜中の話なんだな」

「そのようで。あっしも急いで知らせに来たもんで、まだほとんどわかっちゃいねえんでさ。夕方までにゃ、もっといろいろわかると思いやすが」

「そうか。よく知らせてくれた。また詳しい話、聞かせてくれ」

　権次郎は半助に労い(ねぎら)の言葉をかけて、ちらりと千鶴を見た。千鶴は心得て、棚の手文庫から一朱（約六千円）を出すと、ありがとうねと言って半助に渡した。半助は、すいやせんと頭を下げ、また来ますと言い残して出て行った。

「殺しとはな。しかもあの一番番頭だ」

　血腥(ちなまぐさ)い話は苦手だとおりくが引き上げてから、梅治が唸るように言った。

「千鶴さん、佐倉屋の連中に妙な気が流れてるって言ったのは、このことか。あのとき、昌之助もいたよな」

言われて千鶴は、考え込んだ。だが、あのとき感じた不穏なものが昌之助だけに関わっていたのかどうかは、何とも言えなかった。

「正直、わかんない。でも、佐倉屋さんの中で何か悪事があるのは、間違いないでしょう」

「そりゃそうだ。殺しがあったんだから」

権次郎が続けて聞いた。

「やったのは、旦那の喜兵衛だと思うかい。仲が悪かったんだろ」

これには、千鶴ははっきり違うと答えた。

「あたしが見たところ、喜兵衛さんはそういうことをする人じゃない。胆力もないし、逆上しやすい性分でもない」

そうか、と権次郎は千鶴の評を受け容れた。

「贋小判のこともある。もう少し詳しいことがわかるまで、待ちましょう」

千鶴が言うと、権次郎と梅治は、もっともだと頷いた。

再び半助が現れたのは、暮六ツ（午後六時）近く、瑠璃堂を閉めようとしていたときだった。今度は一人ではなく、恰幅が良く権次郎と似た目付きをした中年の男を伴っていた。半助の声を聞いて、入ってくれと言った権次郎は、一緒に来た男を見て驚いた顔をした。

「何だ、惣六親分じゃねえか。あんたまでわざわざ来たのか」

「おう。あんたが佐倉屋のことをいろいろ探ってたと聞いてな。ちょいと話を聞こうと思ってよ」

　話が聞こえたので、梅治と巫女装束のままの千鶴も、権次郎たちの座る控えの間に出て来た。さすがに胸元は閉じている。千鶴を見た惣六は、改まった挨拶をした。

「瑠璃堂の千鶴さんですかい。福井町で十手を預かる、惣六ってもんです。以後、お見知りおきを」

「福井町の親分さんですか。わざわざご足労いただき、ありがとうございます」

　正面から千鶴と向き合った惣六が、目を瞬く。

「面と向かってこんなこと言っちゃなんですが、噂以上にすげえ別嬪だ。恐れ入りやした」

「まあ、そんなお上手を。占いなどを生業とする、しがない女でございます」

　千鶴は袖を口元に当てて、ほほほと笑った。権次郎が咳払いする。

「それで惣六、俺たちがなんで佐倉屋に首を突っ込んだか、知りてえのか」

「ああ。話してくれたら、こっちも今わかってることを教える」

権次郎がちらりと千鶴に目を向ける。千鶴が頷きを返すと、権次郎は「いいだろう」と言って、喜兵衛が瑠璃堂に来たところからこれまでの経緯を順に話した。

「佐倉屋から贋小判が出てたたってのか」

惣六は驚きを見せた。

「ああ。どうも喜兵衛旦那は気付いてなかったようだ。話を面倒にしたくなかったんで、小原田の旦那にゃまだこのことを知らせてねえんだが、殺しがあったとなると黙っとくわけにもいくめえ」

「うーん。昌之助殺しとどう関わるかは、ちょっと見えねえな」

惣六は難しい顔で首を捻った。

「一枚だけとなると、何とでも解釈のしようがある。一度佐倉屋の帳場を調べてみるか」

「それがいい。で、昌之助殺しについてわかってることは何だ」

おう、と惣六が応じる。

「殺しがあったのは夜中だ。昌之助は寝巻じゃなく羽織姿だったんで、遅くとも九ツ(午前零時)頃じゃねえかと思うが、はっきりしねえ。誰も悲鳴や物音を聞いてねえんだ」

「昌之助は、店で夜遅くまで仕事してたのか。あいつは店に住み込んでるのか」

「いや、住まいは浅草福富町（ふくとみちょう）だ。女房と倅が二人いる。みんな途方に暮れてたよ」

「そうか。気の毒な話だ」

「昌之助は仕事が遅くなると店に泊まることもよくあったそうだ。昨夜もそんな具合で、店に泊まるはずだったが、布団に入る前に襲われたらしい」

「ふうん。で、土蔵は無事だったのか」

「ああ。錠前に手を付けた様子はねえ。だがな、裏木戸の閂（かんぬき）が壊されてた」

「外から入り込んだ奴がいるってのか。足跡はどうだ」

「それがなァ。死骸を見つけた下働きの悲鳴でみんな庭に飛び出たもんだから、地面がすっかり踏み荒らされちまってよ」

「はっきりした足跡はねえってことか。それで、八丁堀の見立ては」

「今のところ、裏木戸から盗みに入った賊が、夜なべ仕事で起きていた昌之助に見つかって、騒がれる前に殺しちまった、てとこだな」

　聞いていた千鶴は小首を傾げた。いささか単純過ぎるのではないか。権次郎もそう思ったらしく、惣六に尋ねた。

「で、お前としちゃどう思う」

「そうさなァ」

　惣六は目を細めて顎を掻いた。

「幾つか得心のいかねえことがある。まず、昌之助は何でそんな刻限に庭に出たのか、だ」

「盗人が入ったのに気付いたからじゃないのか」

梅治が言うと、惣六はこれだから素人は、という風に小さく溜息をついた。

「盗人だと思ったら、まず店の者を呼ぶだろう。三十人からの奉公人がいるのに、自分一人で立ち向かうかい」

それはそうだな、と梅治は引っ込んだ。

「背中から刺された傷ばかり、ってのもな」

「それはどういう？」

千鶴が聞くと、惣六はちょっと胸を反らせた。

「昌之助がずっと盗人に背を向けてたのなら、相手に気付いてねえわけだから、わざわざ殺す必要はねえ。店の中に戻るのを待てばいい。盗人に気付いて逃げようとしたところをやられたなら、誰も悲鳴や大声を聞いていないのは、おかしい。盗人と出くわして、声を出す前にやられたなら、体の前を刺されてねえのはおかしい。そういうことでさァ」

ああ、なるほどと千鶴が感心した声を出すと、惣六は得意げになった。

「てことは？」

権次郎が先を促した。惣六は残念そうに千鶴から目を移す。

「押し入った盗人がたまたま、ってよりは、店の誰かが昌之助を狙ったって方が、しっくりくるな。夜なべ仕事をしている晩、他の奉公人が寝た時分を見計らって土蔵へ誘い、庭に出たところで不意を襲った、とかな」

「なるほど、な」

権次郎が賛同するように惣六を見る。

「何か当てがあるのか」

「まあ、まだ何とも言えねえが」

惣六は腕組みして、権次郎の目を覗き込んだ。

「喜兵衛は昌之助と、だいぶ仲が悪かったようだな」

惣六は思わせぶりに言うと、薄笑いを浮かべた。


「で、権次郎さんの見立ては」

惣六が帰るとすぐ、千鶴が聞いた。

「もと目明しとして、惣六親分の話に頷けるの」

ああ、と権次郎は迷うことなく答えた。

「聞いた限りじゃ、惣六の見立て通りだろう。あいつはなかなか鼻が利く男だ」

「じゃあ、やっぱり一番怪しいのは喜兵衛だな」

梅治が言った。

「そうだな。八丁堀だって馬鹿じゃねえ。盗人の仕業って見立ては、じきに捨てるだろう」

権次郎は、早晩喜兵衛が番屋に呼び出される、と考えているようだ。

「贋小判のことは、どう繋がるかな。惣六親分は何とも決めかねる風だったけど」

これについては、千鶴もこれといった考えがなかった。

「惣六に話したから、小原田の旦那の耳にもすぐに入るはずだ。そっから先は八丁堀が調べるだろう。だが気になるのは、最初に喜兵衛がここに来て話したことだ。蔵に誰かが入り込んで、千両箱を触ったかもしれねえってな」

「ああ、それそれ」

千鶴は、ぽんと手を打った。

「もしかして、蔵に忍び込んだ奴が千両箱に贋小判を仕込んだ、とか」

「そいつはどうかな」

梅治が疑わしそうに言う。

「土蔵の錠前だけならまだしも、千両箱の鍵も開けて気付かれないよう元に戻さなくちゃならない。何のためにそんな手の込んだことを。手早く儲けるなら、そのまま千両箱をかっさらう方が余程楽だ」

「佐倉屋さんに、贋小判を流した罪を被せるため、ってのはどう？」

「佐倉屋に恨みのある奴の仕業と言いたいのか。しかし、佐倉屋を陥れるためなら、贋小判なんてのは仕掛けが大掛かり過ぎるんじゃないか」

　それはそうだ。もっと簡単に佐倉屋を痛めつける方法は幾つもある。

「じゃあ、贋小判はたまたま佐倉屋さんに回ってきただけってこと？　いや、たまたまってことはないよね。やっぱり昌之助さんが嚙んでるんじゃない？」

「ふうん」

　権次郎が腕組みして、首を左右に傾げる。

「こういうことかい。昌之助が贋金一味とつるんでたか脅されたかして、贋小判を店の千両箱に仕込んだ。一番番頭なら、蔵の錠前も千両箱の鍵も開けられる。旦那の喜兵衛は、それに気が付いた。そこで昌之助を夜中に庭に呼び出し、詰め寄った。だが昌之助は認めない。日頃の恨みも加わって、喜兵衛の堪忍袋の緒が切れた」

「ちょっと違う気がする」

　千鶴は頷かなかった。

「今朝も言ったけど、喜兵衛さんはそんな風に逆上する人には見えない。それに、庭でそこまで揉めたなら、奉公人が誰も気付かないってのも変よ」

だよなあ、と権次郎は頭を掻いた。

「それに、よく考えたらさ。千両箱の鍵、開けなくたっていいんじゃないの」

梅治が眉を上げる。

「と言うと？」

「千両箱一つ、丸ごとすり替えりゃいいのよ」

あっそうか、と梅治は膝を叩いた。

「そうしたらすり替えた本物の千両は丸儲け。一石二鳥だな」

「すり替えられた佐倉屋の方は、贋小判を見抜かねえ限り、いつまでも千両盗られたことに気付かねえってわけか。なるほど」

権次郎が、妙に感心したような顔になった。

「こいつァ、前代未聞の盗人だな」

「権次郎さん、そんな大仕事のできる連中に、心当たりはないの」

「心当たり、かい」

権次郎は記憶を呼び出すように天井を見上げた。

「まだお縄になってねえ盗人で、それなりの腕の奴というと、押し込みを続けた鴉(からす)の彦八(ひこはち)、蔵破りの観音の千治(せんじ)と黒雲の龍玄(りゅうげん)、忍び込みが得意の辰巳の駒鉄(こまてつ)辺りかな。みんなここ一年くれえは鳴りを潜めてる。だが、贋金造りなんてぇ手のかかる仕事をやりそうなのは、ちょっとな」

「確かに、贋金はただの盗人にできる仕事じゃない。大物が控えてるんじゃないかしら」

三人は額を寄せて、頷き合った。だが、それ以上には思案は進まなかった。

九

次の日である。昼餉を済ませた千鶴と梅治が、午からの客に備えて一服しているところに、佐倉屋の様子を見に行っていた権次郎が大急ぎで戻って来た。

「小原田の旦那が、喜兵衛を番屋にしょっぴいたぜ」

権次郎は瑠璃堂に入るなり言った。千鶴と梅治は、えっと目を見開く。

「ずいぶん早いじゃない。もうお縄にしたの」

「いや、まだ縄をかけたわけじゃねえ。番屋で聞きたいことがあるって、連れてったんだ。御蔵前界隈じゃ、早速いろんな噂が飛び交いだしてるぜ」

「八丁堀は、盗人の仕業って見立てを、早々と捨てたわけか。権さんの言った通りになったな」

「ああ。だが縄をかけてねえってことは、これといった証拠は見つかってねえんだ。

この先どう転がっていくかは、まだわからねえぞ」

「しかしこうなると、小原田さんは贋小判のことを確かめに、またうちに来るだろう」

そうね、と千鶴も言う。

「佐倉屋から貰った贋小判のことをすぐ知らせなかったのは、詫びておきましょう。それから、向こうが何を摑んでどういう見立てをしているか、聞き出しましょう」

権次郎がニヤリとする。

「また、小原田の旦那を手玉に取ろうってんだな」

「人聞きの悪いこと言わないで」

千鶴は唇を歪めた。


案の定、翌朝早々に小原田が現れた。喜兵衛をしょっぴいた勢いか、肩を怒らせている。

「これは小原田様。早くから御役目ご苦労様で」

出迎えた梅治に「邪魔するぜ」と顎をしゃくると、勝手知った顔で控えの間に入り込み、そこで胡坐をかいた。

「まあまあ、小原田様。おいでなさいませ」

巫女装束に着替えたばかりの千鶴は、おっとりした仕草で畳に手を突いた。髪につけた香油のほのかな香りが漂い、小原田の目尻が下がった。

「おう。朝早くから済まねえな」

「昨日、佐倉屋の旦那様を番屋に呼び出されたと聞きました。それに関わることでしょうか」

「耳が早いな。権次郎から聞いたか」

小原田はちらりと梅治を見やる。梅治は気付かぬふりだ。小原田は、まあいいと千鶴に目を戻した。

「惣六から聞いたが、佐倉屋が払った見料に贋小判が混じってたそうだな」

「左様でございます。もっと早くに気付いていれば良かったのですが。お知らせが遅くなり、申し訳ございません」

千鶴は金箱から出しておいた件の贋小判を、小原田の前に滑らせた。小原田が摘み上げ、目の前に持ってきてしげしげと眺める。

「やっぱり良くできてやがる。これじゃあ、お前たちが気付かなかったのも無理はねえ。いや、よく見つけたと言うべきだな」

小原田は、こいつは預からせてもらうと贋小判を懐に納めた。瑠璃堂の稼ぎが一両減ってしまうが、仕方ない。改めて佐倉屋に請求しなくてはならないが、今、あっちはそれどころではあるまい。

「どうやって見分けた」

「三島屋さんが見分けた方法を、お客様から聞いておりましたので」

「神通力じゃなかったわけだ」

明らかな揶揄だが、千鶴は微笑んで聞き流した。

「それにしましても、佐倉屋さんのような信用ある札差の大店に、どうしてこのようなものが紛れ込んだのでございましょう」

小原田の顔が、急に硬くなった。

「そいつは、今調べている」

千鶴は内心、にんまりした。小原田がこういう顔をするときは、何か摑んでいる。

「一番番頭さんが殺されたことと、関わりがあるのでしょうか」

「それも調べの最中だが、数日のうちに重なり合って起きた以上、関わりがねえとは言えねえな」

小原田は当たり前の話を、いささか勿体ぶって言った。そろそろ攻め時だ。

「贋小判に人殺し、何と恐ろしいことでございましょう」

千鶴は少し小原田の方へ体を傾け、右手でさりげなく髪を梳いた。白い二の腕が、すうっと小原田の目の前をよぎる。

「偶然とはいえ、私たちも関わってしまい、心が休まりません。小原田様のように、鋭く頼りになるお役人様が私共に気を配って下さいますのは、誠に有難いことです」

甘くした声で小原田を持ち上げ、体の向きを胸元が小原田に見えやすいようにした。仕上げに、潤んだ目で小原田を見つめる。

「小原田様のことですから、もういろいろとご承知なのでございましょう」

小原田は、あっさり落ちた。

「うむ。これは絶対他言しちゃいけねえぜ」

目元をほんのり赤くした小原田は声を低めた。

「喜兵衛を引っ張り出した後、佐倉屋の店先の金箱を調べた。思った通り贋小判らしいのが何枚か見つかってな。番頭たちに確かめたら、蔵の千両箱の一つから、七日前に出したものだってぇじゃねえか。そこで蔵を開けさせて、その千両箱も調べてみたんだ。そしたらこれがなんと、一箱丸々が贋小判だったのさ」

「まあ、千両箱一つが全部贋小判だったのですか」

千鶴は大きく驚いてみせた。

「お見事な眼力でございましたね」

「いやいや、眼力ってもんじゃねえ。順を追って調べりゃ、すぐわかることだ」

そうは言いながら、千鶴に持ち上げられた小原田は満更でもなさそうだ。

「いったい誰がそのようなことを」

「そいつを突き止めるのはこれからだ。昌之助殺しも、これを仕込んだ奴の仕業だろうと睨んでるところだ」

おや、と千鶴は訝しんだ。喜兵衛については、もう疑いが晴れたのだろうか。聞いてみると、小原田はちょっと渋い顔になった。

「喜兵衛を引っ張ってみたものの、昌之助が殺されたとき、あいつは店にいなかったのがわかってな」

出かけていた？　それなら、店の者がすぐ小原田たちに告げたろうに。そのことを質すと、苦笑が返ってきた。

「喜兵衛は夜、内緒で出かけてたんだ。昌之助と二番番頭は知ってたらしいが」

「内緒で、どちらに」

小原田は、わかるだろう、と小指を立てた。

「馴染みの深川芸者に借りてやった家が、本所にあってな。そこでしっぽり、ってわけさ。店じゃあ言い出せなかったろうが、番屋へ来た途端に喋り出した。昨夜のうちに二、三人そっちへやって確かめさせたから、間違いはねえ」

「まあ、そんなことをなすっていたのですね」

千鶴は、嘆かわしいという風に眉を下げたが、胸の内では嗤っていた。女房に知られぬよう浮気していたのが、露見したか。これでは、喜兵衛は二重の災難だ。

「殺しについちゃあ、喜兵衛はやってねえ。昨夜は番屋に留め置いたが、さっき店へ帰した」

「贋小判については」

「千両箱丸ごと贋小判だった、てぇ話をしたら、腰を抜かしてたよ。全く覚えがねえとさ。ま、あの様子じゃ嘘はねえだろう」

だろうな、と千鶴も思う。どういう経緯かわからないが、佐倉屋は贋金造りの一味に目を付けられ、利用されたのだ。

「そうだったのですか。それにしても、もうそこまでお調べが進んでいたのですね。さすがです。恐れ入りました」

千鶴は感じ入ったように頭を下げた。小原田の胸が、心なしか反り返る。

「そんな次第だ。ほんの二日でそこそこ進んだとはいえ、まだわからねえことが多い。そっちも、佐倉屋の周りにゃ目を配ってるんだろ。ちょっとでも妙な気配を嗅いだら、すぐに知らせるんだぞ。いいな」

もちろんでございますとも、と千鶴が微笑むと、小原田は満足したようだ。また寄る、と言いながら機嫌よく引き上げた。

小原田の姿が菊坂の方へ消えると、梅治が笑い出した。どうやら、だいぶ堪えていたようだ。

「はっはっは。千鶴さん、お見事」

「な、何よ梅治」

「何よ、もないだろ。あんなに色っぽく迫られたんじゃ、お堅い八丁堀もすっかり骨抜きだ。千鶴さんに深入りしちゃ、大概の男は駄目になる」

お黙り、と千鶴は梅治を蹴っ飛ばした。梅治は笑いながら、奥へ引っ込む。好きでやってるんじゃないわよ、と千鶴は両手を腰に当てた。

まあ、今日のところはうまく行った。今頃小原田は、瑠璃堂で佐倉屋についてもっと聞き出すつもりが、逆にすっかり喋らされたことに気付き、口惜(くや)しがっていることだろう。

十

昼過ぎになって、佐倉屋喜兵衛がやって来た。今日明日中に来るに違いないと思っていたので、他の客は入れていない。喜兵衛はすぐに奥へ通された。

「佐倉屋様、おいでなさいませ。このたびは、大変なご災難。お見舞い申し上げます」

千鶴がゆっくり頭を下げて迎えると、喜兵衛はその前にへたり込むように座った。

「あ、ありがとうございます。本当に、何かに祟られたのかと思うような有様で」

喜兵衛は二、三日の間にすっかりやつれ、目の下にはっきりわかる隈ができていた。

「それにしましても、昌之助に暗い影があるとのお見立て、まさしく的中いたしました。恐れ入りました」

千鶴は何も言わず、口元だけで微笑んだ。あれは昌之助が害を受ける、という意味で言ったのではなかったが、勝手に恐れ入ってくれるなら結構だ。

「人殺しとはこれ以上ない凶事。しかも一度は佐倉屋様ご自身にお疑いがかかったとか。疑いが晴れ、誠に良うございました」

「あ、はい、いや、それは」

喜兵衛はまごついたように言葉を濁した。疑いが消えた代わりに浮気が表沙汰になってしまったのだから、手放しで喜べるような話ではなかろう。

「それに、初めにご相談申し上げた、蔵の千両箱のことです。やはり、気のせいでも悪霊でもございませんでした。千鶴様は何やら邪な気があると仰せでしたが、これもまさしくその通りでございました」

「誰かが蔵に忍び入ったのですね」

「はい。お役人がお調べになったところ、千両箱が一つ、すり替えられておりました。

贋小判が詰まったものが、代わりに置かれていたのでございます」

千鶴は表情を変えないまま、頷いて見せる。

「やはり、何者かの邪な企みがございましたか」

小原田から聞き出したなどとは気配にも出さず、さも神通力で見抜いていたかのように言った。喜兵衛はますます感心する。

「素晴らしきご慧眼、ほとほと感じ入りました。そこで厚かましゅうございますが、また千鶴様のお力におすがりいたしたく」

よしよし、と千鶴は胸の内で舌を出した。金の匂いが強まってくる。

「番頭が殺され、手前が疑われ、贋小判を仕込まれる。大きな災難がこのように立て続けに起きるとは、只事ではございません」

浮気がばれたこともね、と千鶴は声に出さず独りごちる。

「昨夜も一睡もできませんでした。いったいどうしてこんなことになるのか、これからどうすればこの悪運を祓えるのか、是非とも占っていただきたく、伏してお願い申し上げます」

喜兵衛は畳にめり込まんばかりに平伏した。もともと小心者のせいか、すっかり怯えて神経をすり減らしているようだ。千鶴はちょっと気の毒になったが、つけ込むなら今だ。

「かしこまりました。佐倉屋様の御心を平らかにするお助けをいたしましょう」

千鶴は占い台を引き寄せ、水晶数珠を持った。手を大きく動かして数珠を振ってから合掌し、出まかせの呪文を唱える。ひとしきり小声で朗誦(ろうしょう)した後、火鉢に火を立てて配合した鉱物の粉を注ぎ入れた。喜兵衛はずっと平伏したまま、こちらを見上げようともしない。どうやら、念仏か何かをぶつぶつ呟いているようだ。これは重症だな、と千鶴は思った。

「お顔を、お上げ下さい」

千鶴が厳粛な風を作って言うと、喜兵衛は恐る恐る顔を持ち上げた。火鉢からは、黄色い炎が上がっている。

「佐倉屋様の行いに、難があるようです」

喜兵衛が、びくっと肩を震わせる。

「貧しき人々に難儀を与えるようなお振舞いが、ございましたね」

「えっ、いえ、それは……」

喜兵衛の顔が青ざめている。貧乏御家人たちに高利で小金を貸して取り立てていることに、すぐ思い至ったのだ。

「人に難儀を与えることは、巡り巡って己に災いをもたらします。古(いにしえ)よりの、人の世の理(ことわり)でございます」

喜兵衛がごくりと唾をのむ音が、千鶴にも聞こえた。額に汗が浮いている。

「災いを祓うには、行いを改めることが肝要にございます」

千鶴の手が、炎の上を一撫でした。黄色かった炎が、青緑に変わる。

「改めれば、このように気が上向き、悪事を避けることができます。これからは善なる行いを為し、御身をお慎みなされますよう」

「はっ、ははぁーっ」

喜兵衛は、再び額を畳に擦り付けた。それじゃ額が真っ赤になるわよ、と千鶴は腹の中で嗤う。

「有難きご託宣、この佐倉屋喜兵衛、身に沁みましてございます。おっしゃる通りこれからは善なることを心がけ、精進いたします」

「くれぐれも、欲などで目を曇らせることがございませぬよう」

千鶴が優しく微笑むと、喜兵衛は魅入られたように上気し、何度も頭を下げた。

「あ、ありがとうございます。お言葉、ゆめゆめ蔑ろ(ないがし)にはいたしません」

喜兵衛は懐から袱紗(ふくさ)を出し、千鶴の前で広げた。真新しい小判五枚が千鶴の目に入った。

「こんなことを申しては何ですが、贋小判でないことは確かめてございます。どうぞお納めのほどを」

わぁお、と口に出そうになるのを堪え、千鶴は礼を述べた。喜兵衛はすっかり恐縮したまま、三拝九拝しつつ瑠璃堂を出た。

「五両も置くとは、佐倉屋も相当気に病んでるんだな」

小判を検めながら、梅治が言った。

「だいぶ参ってるみたいね。ちょっと安心させてやれば、何でも受け容れたでしょう」

千鶴は小判の輝きをニヤニヤしながら眺めた。本物の小判は、いつ見てもいいものだ。

「千鶴さん、ありがとう」

ふいに梅治が、居住まいを正して言った。千鶴はびっくりして、梅治を見た。

「梅治ったら、どうしたのよ」

「佐倉屋に言ってくれたことだ。貧乏人から巻き上げるのはやめて、善行を積めと。あれは、磯原を慮(おもんぱか)ってのことだろう」

「あ、ああ、あれね」

千鶴は気にするなとばかりに笑う。梅治に改まってこんなことを言われると、どうにも照れ臭い。

「磯原さんだけの話じゃないし。あんないい加減なご託宣で助かる人がいるなら、それこそ幸いってものよ」

少しばかり頰が熱くなった千鶴は、照れ隠しのように小判を振った。

「こっちだって、おかげで儲かったし」

それはそうだと、梅治も笑った。そこで千鶴は真顔になり、話を変えた。

「佐倉屋の千両箱だけど」

途端に、梅治の目が光る。

「すり替えられたっていう、千両箱か」

「そう。贋小判入りの千両箱を運び込み、本物の千両箱を運び出した。口で言うのは簡単だけど、行きも帰りも千両箱を担いでってのは、楽じゃないよね。見つかる恐れも大きくなる」

「うん。何を言いたいのか、わかってきたぞ。舟だな」

梅治がニヤリとした。

「それよ」

千鶴が人差し指を立てた。

「猿屋町。正右衛門さんの貸家。この仕事に使うには、うってつけよね」

その夜。おりくの用意してくれた夕餉を済ませた千鶴たちは、夜四ツ（午後十時）まで待って、瑠璃堂を出た。三人とも、黒装束だ。千鶴は長い髪を丸髷にまとめ、忍びのように黒布を頭に巻いていた。

木戸を乗り越え、夜回りに見つからないよう気を付けながら進むのは時がかかり、猿屋町の家に着いたときは四ツ半（午後十一時）をだいぶ過ぎていた。

「こっちだ」

権次郎が囁く。前にこの家を調べに来たとき、厨に通じる裏口が簡単に開けられるのを知って、そこから中に入ったという。

月明かりはあるが手元は暗い。権次郎は、煙管の先に灯心を埋めたものに火を点けた。これでちょっとした灯りになる。権次郎はそれを左手に持って照らしながら、右手で戸の合わせ目から小刀の刃を差し入れ、閂を動かした。戸は、すぐに開いた。

まず権次郎が入り、様子を窺う。人の気配なし、とわかってから、千鶴と梅治を招き入れた。

「確かに、何もないわね」

権次郎と同じ灯具で中を照らしてみた千鶴が、言った。やはり商売を始める様子は、どこにもない。

「見てみろよ」

梅治が床に灯具を近付けた。うっすら積もった埃に、足跡はない。この何日か、人の出入りがないのだ。

「しばらく使ってないな。ここを借りた用事は、もう済んだってことか」

権次郎が言った。無論、佐倉屋のことを頭に置いての台詞だ。

「なら、さっさと正右衛門さんに家を返しゃいいのに」

千鶴があちこち目をやりながら言った。権次郎は「いいや」と返す。

「佐倉屋の一件が落ち着くまで、そのままにしとく気だ。俺たちみたいに、繋がりを考え付く奴が出ねえとも限らねえからな」

だったら手遅れだけどね、と千鶴は笑った。三人は、ここを使った一味が何か残していないかと、あちこちに灯具を向けて慎重に進んだ。

「待った」

権次郎が足を止めた。土間から上がった、店先側の板の間の床を指している。千鶴もそちらに目を向けたが、何も変わったものは見えない。何なの、と権次郎の脇腹を小突く。

「床板だ。ほんのわずか、ずれてる」

権次郎は床板の継ぎ目を示した。千鶴にはよくわからない。だが、手練れの岡っ引きだった権次郎の目には、素人とは違うものが見えているのだ。

権次郎は板の間に上がり、小刀の刃で床板の継ぎ目を探った。しばらくして、ここだという場所に刃を突っ込む。床板が、微かに浮いた。

「よし、手伝ってくれ」

継ぎ目の隙間が広がったところで、権次郎が二人を呼んだ。千鶴と梅治は傍に寄り、揃って手を掛けた。床板が一枚、持ち上がる。一旦浮くと、釘で止めてあるわけではないので、後は簡単だ。

三人がかりで、床板を五枚ばかり外した。開いた穴から、権次郎が灯具を差し入れて覗き込む。下の地面に、掘り返した跡があった。

「何か埋めやがったな」

権次郎は顔を上げて周りを見回した。掘る道具になりそうなものは、何もない。

「仕方ねえ。これで掘るか」

権次郎はそう呟いて床板の一枚を持つと、穴に飛び降りた。千鶴と梅治も続き、床を掘り始める。どれだけ手がかかるか、と思ったのだが、埋めて間がない地面は柔らかく、意外に楽だった。

十回も掘らないうちに、梅治の板が何かに当たった。

「埋めたのは、こいつらしいな」

梅治は屈みこみ、手で土をどけた。現れたものに、灯具を近付ける。

「やっぱりね」

千鶴がそれを見て言った。紛うかたなき千両箱だ。権次郎と梅治が、引き上げるために手を出した。

「ありゃ。軽いな」

力をこめて持ち上げようとしたとき、権次郎が声を出した。残念ながら、小判が詰まっているわけではなさそうだ。権次郎と梅治は、土を掃(はら)った千両箱を板の間に上げた。鍵は壊されている。蓋を開けてみると、やはり空だ。

「中身は小分けにして持ち出したんだろうな」

何人かで分けて運べば、目立つことはない。用なしになった千両箱は、そのまま捨てるわけにいかないから、埋めて隠したのだ。

「ま、これでこの家を借りた連中が、贋金造りの一味だってことはわかったけど」

千鶴は腕組みして言った。そこまでは、睨んだ通りだ。

「いったい、どこのどんな連中なんだろう」

その答えは、まだない。家の中に、手掛かりらしきものは何も残されていなかった。

「長居は良くねえ。引き上げるぜ」

権次郎に促され、諦めた千鶴は梅治と裏に向かった。権次郎が先に戸を細く開け、外を窺う。一呼吸置いて、大丈夫と踏んだようだ。権次郎は戸を半ばまでそっと開けて、外に滑り出た。が、続いて出ようとした千鶴は、いきなり権次郎の手で止められた。思わず「何よ」と口走りそうになる。権次郎は、声を出すなと口を押さえる素振りをしてから、じっと動きを止めている。何かまずいことがあったのだろうか。

実際には二呼吸か三呼吸の間だったろうが、ずっと長く感じられた。権次郎がほうっと息を吐き、肩の力を抜いた。

「済まねえ。大丈夫のようだ」

千鶴はほっとして外に出た。権次郎の耳元に顔を寄せて囁く。

「どうしたのよ」

「いや、誰かに見られてるような気配があったんだが……気のせいだったようだ」

権次郎は、俺の勘も鈍ってきたなと頭を掻いた。千鶴と梅治は権次郎の肩を叩くと、揃って裏路地に出た。猫の声一つ、しなかった。

十一

梅治は、満面の笑みをたたえていた。

「さっき、おりくさんから聞いたんだ。磯原のところへ、また行ってくれてたんだが」

「磯原さんの話？　何かあったの」

千鶴が尋ねると、梅治は嬉しそうに言った。

「昨日、佐倉屋の手代が来てな。借りた金について、利息を大きく引き下げると言ったそうだ。期限も、次の俸禄まで待ってもいい、とな」

「へえ、そりゃいい話じゃないの」

千鶴は思わず手を叩いた。

「佐倉屋さん、行いを改めだした、ってことね」

「そうなんだ。近所の人から聞いたところによると、磯原もほっとして、神も仏もちゃんといるんだ、などと涙ながらに言ってたらしい」

それから梅治は、きちんと手を揃えて千鶴に礼をした。

「千鶴さんのおかげだ。磯原たちにとっちゃ、千鶴さんこそ神か仏だ」

「ちょ、ちょっとやめてよ。騙りの占い師を摑まえて、神仏に例えるなんて、罰が当たっちゃうわ」

千鶴は慌てて大袈裟に手を振った。しかし、悪い気はしない。あのご託宣で、本当に佐倉屋が高利貸しを見直したのなら、千鶴としても満足だった。普段は舌先三寸で金儲けしている分、たまたま人の役に立てると心が休まる。

「佐倉屋さんの浮気騒動はどうなったんだろ」

「ふん。それについちゃ、噂を聞かないな。家の内輪のことだし、あれほどの大店になれば囲ってる女が一人ぐらいいても当然だろう。それを隠してたってのは、相手の芸者ってのが何か訳ありか、お内儀の悋気がよっぽど強いのかだ。外へ漏れるほど大ごとになってないなら、片付いたんじゃないか」

梅治は、どうでも良さそうに言った。そっちには関心がないようだ。

「そっか。昌之助さん殺しについちゃ、小原田さんもまだ手柄を上げられそうにないし」

小原田は配下の岡っ引きを使って、佐倉屋の周りを掘り起こしにかかっているが、これと言ったネタは上がっていないらしい。

「猿屋町の家のことは、八丁堀には言ってないんだよな」

当然よ、と千鶴は鼻を鳴らす。贋金造りの一味を奉行所に先駆けて見つけ出せれば、どれほどの金になるかわからない。危ない橋だが、それだけの値打ちはあるはずだ。

「君子危うきに、って言葉もあるんだがねえ」

梅治は心配そうに眉を下げた。

「ところで、佐倉屋の旦那はあれからあちこち、寺社参りをしてるって話だ」

「寺社参りか。この間のご託宣が、だいぶ利いてるみたいね」

千鶴はくすくすと笑った。付け焼刃の信心にどれほどの御利益があるか、だいぶ疑わしいが、喜兵衛はそうせずにはいられないのだろう。うっかりすると、瑠璃堂以外にもその心の弱みに付け込む連中が出て来そうだ。

「昌之助さんが死んで、大きく儲けろと苦言を呈する奉公人はいなくなったわけよね。何だか、佐倉屋さんの商いは縮んでいっちゃうような気がしてきた」

「だとしても仕方ないだろう。誰が迷惑するわけでもなし」

梅治は、やはり気のない調子で言った。千両箱の件が発覚したので、これ以上佐倉屋を通じて贋小判が流れることはないだろう。佐倉屋の災難はここまで、と千鶴たちも思っていた。

だが、そうではなかった。


数日経った朝早く、千鶴と梅治の住まいの戸がいきなり叩かれた。

「おい、千鶴さんに梅治、起きてるだろ。開けてくれ」

権次郎の声だ。珍しく、切羽詰まったような響きがある。既に身支度を終えていた梅治が、急いで戸を開けた。

「何だ権さん、あんたらしくもなく慌てて。あ、福井町の親分も一緒か」

惣六の顔を見て驚いた梅治は、とにかく瑠璃堂を開けるからそっちへ、と鍵を持って飛び出した。慌ただしい声を聞いた千鶴も、すぐに続いた。

「いったい何があったのですか」

大急ぎで薄化粧して瑠璃堂の控えの間に座り、呼吸を整えてから、千鶴は落ち着いた声で言った。惣六の前で素の顔を出すわけにいかない。

「佐倉屋喜兵衛が、昨夜死んだんですよ」

「へぇっ？」

さすがに仰天したので、つい地が出てしまった。慌てて咳払いし、聞き直す。

「どうして急にお亡くなりに。先日こちらにお越しの折は、お元気でしたのに」

「神田明神の石段から転げ落ちたんです。それで首を折っちまって」

「まあ、何という……」

千鶴は絶句した。善行を積むように千鶴に言われてから、盛んに寺社参りを続けていると聞いたが、そこで不慮の災難に遭うとは。

「夜にお参りしてたのか」

梅治が首を傾げる。店は番頭に任せて、昼間に行けばいいのにと思ったようだ。

「一番番頭が死んで、店の切り盛りが大変らしくてな。寺社参りは、店を閉めてから行ってたそうだ」

「それにしても、神田まで行かなくたって、近くに第六天神社とかあるだろう」

権次郎が言うと、惣六は「いやいや」と手を振る。

「喜兵衛旦那は、ここしばらく、半刻くらいで行ける寺や神社に片っ端から参ってたそうだぜ。浅草寺や回向院は言うに及ばず、目に付いた稲荷まで」

「寺と神社の梯子かよ。そんなことされたんじゃ、神仏の方でも面白くなかろうに」

呆れたように権次郎が言う。

「まさか、明神様が気移りもいい加減にしろって、罰を当てたんじゃあるめえな」

「権次郎さん、滅多なことを」

千鶴がしかつめらしく窘めた。

「天には八百万の神々がおわします。その全てを信心申し上げるのは、褒められこそすれ、罰などあろうはずがございません」

「こいつは、おっしゃる通り。さすがは千鶴様で」

権次郎の代わりに、惣六が恐れ入ってくれた。

「佐倉屋様は、お一人だったのですか」

千鶴が聞くと、惣六はその通りだと答えた。

「供の奉公人も連れず、提灯だけ持って。だからその、落ちたところを見た奴はいねえんで」

「では、どなたが佐倉屋様を見つけたのですか」

「神主が、悲鳴みたいな声を聞いて、何事かって様子を見に出たんですよ。そしたら、石段の下で提灯が燃えてて、その横で倒れてる人影が見えた。慌てて神社の連中を呼んで行ってみたところ、頭から血を流し首を変な具合に向けて、死んでたと。で、下働きを番屋に走らせたってわけでさァ」

「何刻頃のことでしょう」

「神主が言うには、五ツ（午後八時）から五ツ半（午後九時）の間だってことです」

「他にお参りの方はいなかったのですか」

「夜にお参りする人もちらほらいるそうですが、佐倉屋が落ちたときにゃ、いなかったようで」

「そうですか……佐倉屋様もせっかく善なることに精進され始めた矢先でしたのに。何ともお気の毒なことでございます」

千鶴は殊勝に言って、合掌した。惣六も千鶴に引き込まれるように、目を閉じて手を合わせた。

「とにかく、佐倉屋のことだったんで、真っ先に権次郎親分に知らせた次第で。しかし一番番頭に続いて旦那がこれだ。あの店にゃ、本当に祟りでもあるんじゃねえでしょうね」

惣六が半ば真顔で言うのに、千鶴は「そんなことはございません」と請け合った。それで納得したかどうか、惣六は不得要領な顔で帰って行った。

「どういうことだろうね、これ」

占い台に肘をつきながら、千鶴が言った。

「惣六親分の台詞じゃないけど、番頭殺しに続いて旦那がこれだもの。偶然とは思えない」

「千鶴さんの言う通りだ。もしかすると、喜兵衛さんも殺されたのかもしれん」

梅治が独りで頷きながら、呟くように言った。

「どうかなァ。喜兵衛の方は刺されたってわけじゃねえし」

権次郎は、もう少し慎重だった。

「とは言え、誰も落ちるのを見てなかったんだよな。人目がないのを確かめてから、後ろから忍び寄って突き落とした、てぇこともあり得るよな」

そうでしょう、と千鶴は権次郎を指して言う。

「佐倉屋はこれでどうなると思う。潰れたりしないかな」

「いや、幾つもの大名家を客に持ってる店だ。そう簡単には潰せねえだろう」

「じゃあ、この後、誰が店を継ぐことになるの」

「うーん、主は当面お内儀が引き継ぐか、大急ぎで倅を大坂から呼び戻すか、だろうな。商いの方は二番番頭が仕切ることになるだろう」

「ああ、あの克之助っていう二枚目ね」

言ってから千鶴は、ちらりと梅治を見る。梅治は落ち着かなげに目を逸らした。くすっと笑ってから、千鶴は改めて権次郎に言う。

「今のお内儀のお登喜さんは後添いだったよね。大坂に行ってる倅は、前のお内儀の子でしょう。てことは、よ」

「ははあ。跡目争いが起きるってのか」

権次郎が心得顔になる。

「よし、そっちの探りを入れるか。隙間に食い込んで金にできるかもしれねえ」

「ちょっと待って」

千鶴は権次郎を制し、目で梅治を示した。

「あのちょいと色香の匂うお内儀なら、梅治の出番でしょう」

権次郎は梅治の方を向いて、なるほどそうだ、と手を打った。梅治は眉間に皺を寄せた。

少し考えてみる、と言って梅治は奥に引っ込んだ。権次郎と違って瑠璃堂の執事の仕事があるから、そうそう空けるわけにはいかない、という事情もあるが、本音は女を籠絡するような仕事をしたくないのだ。女の方から寄って来るのはいいとして、梅治の方からというのは、どうにも抵抗があるらしい。

その気になるまで待つか、と千鶴は割り切って、その日の仕事にかかった。一人目は中年の婦人で、息子がぐうたらでどうしようもない、このままで大丈夫か占ってくれとの話だった。千鶴はこのままでは恐ろしい災難に見舞われると、息子を脅してやれ、と告げた。婦人はごもっともとばかりに承知して帰った。

二人目は、商売替えを考えている三十過ぎの商人だった。新しい商売がうまく行くかどうか心配なので、先行きを占ってほしいと言う。これはよくある相談だ。千鶴はその男の態度振舞いから、本当は新しい商売を是非やりたいのだが、不安を乗り越える手助けがほしいのだと見抜いた。前途は明るいと背中を押してやると、望む答えを得られた商人は、喜色も露わに何度も礼を述べた。

それぞれ二分（約五万円）ずつを置いて帰ったので、昼過ぎまでに一両稼いだことになる。今日はあと一人ぐらい来るかな、と大きく伸びをしながら思っていると、俄かに裏手で足音がして、千鶴と梅治を呼ばわる声がした。おりくだ。夕餉までまだだいぶあるのに、何事だろうと千鶴は裏手の障子を開けた。

「ちょっと、大変なんだよ」

おりくの顔は真っ赤になっている。

「何なの、そんなに頭に血を上らせちゃって」

卒中で倒れるよ、と言いかけたところで、おりくが喚(わめ)くように言った。

「磯原さんが、役人にしょっぴかれたんだよ」

「何だって」

脇で聞いていた梅治が、顔色を変えた。

「間違いないのか。何でしょっぴかれたんだ」

おりくの胸ぐらを摑む勢いで、梅治が迫った。おりくがまくし立てる。

「あたしがいつものように磯原さんのとこへ様子を見に行ったらさ、小者を二人連れた小原田の旦那が、速足で追い越してって、磯原さん家(ち)へ入ったんだよ。あたしに気付きゃしなかったから、だいぶ逸(はや)ってたんだね。それで何なんだろうって表で待ってたら、磯原さんが連れ出されてきたから、あたしゃもうびっくりしちゃって」

「ちょ、ちょっと待って。二人とも落ち着いてよ。磯原さんはれっきとした御家人でしょ。町方役人がしょっぴけるわけないじゃない」

言われて梅治は、ああそうかと一息ついた。小原田たち町方役人は武家屋敷には調べに入れないし、御家人を捕らえる場合は、奉行所から若年寄に願い出て、許しを得る必要がある。

「子供たちはどうした」

少し落ち着きを取り戻した梅治が聞いた。磯原には、九歳の壮太郎(そうたろう)と、七歳の里江(りえ)

という子がいる。母を亡くしてから、二人で手分けして家事を手伝っていた。

「戸口に出て、心配そうに見送ってたけどね。壮太郎さんが里江ちゃんに、大丈夫だ、心配するな、武士の子なんだからちゃんとしてろなんて諭して。自分も心細かろうにって思うと、涙が出ちまったよ」

「そうか。壮太郎は偉いな」

梅治が、ぐっと拳を握りしめた。

「でも、小原田さんが手出しできないはずの御家人を連れ出したってのは、よっぽどのことよね。いったい、何の疑いがかかってるの」

千鶴が尋ねると、おりくは自信なさそうな顔になった。

「うん、それがねえ。話のかけらが耳に入っただけなんだけどさ」

他に聞く者もいないのに、おりくは声を潜めた。

「どうも、佐倉屋さんのことに関わってるらしいんだよ」

「佐倉屋ですって?」

千鶴は目を見開いた。

「今頃になって、昌之助殺しのことじゃないでしょうね。まさか、喜兵衛さんが死んだ件なの?」

言われたおりくは、考え込んだ。

「そこまでは……あ、そう言えば、神田がどうとかって声が聞こえたような」

「それなら、やっぱり喜兵衛さんのことじゃないか」

梅治が声を高めた。

「八丁堀は、あれが殺しだって確証を掴んだってことか。まさか磯原を……」

「待って待って、そんなに急がないで」

血相を変えて腰を浮かせた梅治を、千鶴が止めた。

「今聞いた限りの様子じゃ、何か疑わしい理由があって、取り敢えず話を聞いてみるってとこでしょう」

「ああ、まあそれはそうだが」

梅治は千鶴に言われて気を落ち着けたらしく、座り直した。

「あいつに限って、疑われるようなことなどするはずが……」

「佐倉屋さんに借金してるよね」

「だが、取り立てが緩くなってほっとしていたんだぞ」

「わかってる。小原田さんに、借金以外で磯原さんの何が疑いを招いたのか、聞いてみる」

「そうか……済まない、頼む」

梅治は千鶴の腕を掴んで言った。心底、磯原を気遣っているようだ。千鶴は、大丈夫と梅治の手を叩いた。

「ねえ、佐倉屋さんはただ石段で足を滑らせたんじゃなく、殺されたのかい」

おりくがおずおずと聞いた。千鶴と梅治は、どうやらね、と頷く。おりくは身震いした。

「番頭さんに続いて旦那さんまでもかい。恐ろしいねえ。あの店、どうなってるんだろ」

それを聞いた梅治が、きっと顔を上げた。何か決意のようなものが浮かんでいる。

「千鶴さん」

梅治が改まって言った。

「佐倉屋のお内儀のこと、俺に任せろ」

十二

菊坂から本郷通りを湯島へと下り、神田川を昌平橋で渡って、神田の町々を抜け、御堀に出て呉服橋へと進む。瑠璃堂から三十町（約三・三キロ）ほど。北町奉行所は、呉服橋御門のすぐ南にあった。

髪を丸くまとめ、江戸紫の裾に牡丹の花柄という装いになった千鶴は、奉行所の門が見える柳の木の傍で、与力同心たちが退出してくるのを待っていた。夕七ツ（午後四時）を過ぎたところで、門を出て来る黒羽織がちらほら目立ち始めている。柳の下の千鶴に気付いて目を向ける者は、ほとんどいなかった。

四半刻（約三十分）近く待って、目当ての人物が現れた。千鶴は柳の下から歩み出し、相手の背後に近付くと、声をかけた。

「小原田様！」

小原田は驚いた様子で立ち止まり、こちらを向いた。千鶴に気付くと、たちまち目尻が下がる。

「なんだ、瑠璃堂の千鶴じゃねえか。見違えたぜ」

「恐れ入りましてございます。今日はこのような格好で」

「いやいや、艶やかなもんだ。こんなところで、どうした」

「はい、小原田様をお待ちしておりました。大番屋へ伺ったら、先刻奉行所へお戻りと聞きましたので」

「俺に用なのか」

小原田は、少しばかり警戒するような目付きになった。

「どんな話だ」

「はい。佐倉屋様の一件で、いささか」

「やっぱり佐倉屋か」

小原田は少し迷うようだったが、うーんと唸ってから言った。

「何が聞きたい」

「はい、ここでは何でございますから。少し行った本船町に知った小料理屋がございます。よろしければ、そちらで一献差し上げながら」

「ふうん、そうかい。それじゃ、付き合うとするか」

千鶴のような美女の誘いを断る男は、八丁堀にも滅多にいない。小原田は嬉々として乗ってきた。

小料理屋の座敷に入り、向かい合わせに座る。胡坐をかいた小原田が、千鶴をしげしげと眺めて言った。

「巫女装束も悪くねえが、そういう出で立ちだと、いかにも渋皮がむけた、ってえ風情だな。俺に限らず、男どもが放っちゃおかねえだろう」

「まあ、お上手ですこと」

袖を口元に当て、ほほほと笑う。小原田の目尻が、さらに下がる。

「男除けのために梅治なんぞを侍らせてるんだろうから、何をか言わんやだがな」

千鶴がまた妖しく笑ったところで、お銚子が二本と、焼き魚や蒲鉾、煮豆などの載った膳が運ばれてきた。早速お銚子を取り上げ、小原田が手にした盃に注ぐ。小原田は、一口で空けた。盃を返した小原田がすぐにお銚子を持つ。千鶴は微笑みを消さず、返杯を受けると、これも一口で飲んだ。

「いい具合なのに、野暮用ってのが残念至極だな」

お銚子を置いた小原田が、苦笑するように言った。残念そうだが、そこは八丁堀の矜持か、羽目を外そうという気はないようだ。千鶴は心得て、本題に入った。

「磯原修蔵様を、大番屋にお呼び出しになったそうですが」

「ふん、やっぱりそれか。相変わらず耳が早い」

油断ならねえ奴だな、とばかりに小原田は千鶴を見返した。

「梅治が磯原の昔馴染みだってのは、聞いてるぜ。首を突っ込むのは、その絡みか」

「それもございますが……御奉行所では、佐倉屋様のことは殺しだとお考えなのですか」

小原田の顔が、少しばかり強張った。

「殺しでなきゃ、磯原を引っ張る理由がねえ、って言いたいのか」

千鶴は無言で、そうですすと視線を返す。小原田は肩を竦めた。

「隠してもしょうがねえか。そう、俺たちは殺しだと睨んでる」

「どなたか、見たお人がいるのでしょうか」

「ああ。知っての通り神田明神には、佐倉屋が落ちた明神下への石段の他に、湯島の側に出る道がある。神社の下働きの爺さんが、厠へ行こうとして悲鳴を聞いた。そのすぐ後、湯島の方へ走り過ぎる黒い人影を見たそうだ」

なるほど。神主以外にも、悲鳴に気付いた者がやはりいたか。

「顔や着物は、見なかったのですね。或いは、お侍なのかどうかも」

「月明かりがあったとはいえ、夜のことだからな。ただ、背格好は磯原に似てる」

走り過ぎる姿を暗い中で見ただけなら、背格好も当てにはならないだろう。他に手掛かりはなかったのかと問うたが、小原田は曖昧に逃げた。おそらく、ほとんどないのだ。

「背格好だけでは、磯原様をお疑いの理由にはなりませんでしょう」

「もっともだが、お前さん、磯原の勤め先を知ってるか」

「ええ、確か……」

言いかけて千鶴は、そういうことかと得心した。磯原の勤めは、昌平坂の学問所の勝手方だ。端役だが仕事熱心で、夜まで勤め先にいることも多いと聞く。そして学問所は、神田明神の湯島側の出入口の真ん前にあった。

「あの、まさか一昨日、佐倉屋様が殺された刻限近くまで、磯原様は学問所におられたのですか」

「いいや。暮れ六ツには、学問所を出ている」

それなら、と言いかける千鶴を制して、小原田は続けた。

「一旦出て、どこかで待ってから佐倉屋の後を尾けて戻ったかもしれねえ。何しろ、あの辺りは磯原にとっちゃ、庭みてえなもんだからな」

「尾けてみて、たまたま勝手を知った神田明神に行ったので、石段から落としてやろうと思い付いたとおっしゃるのですか」

疑問を感じた千鶴は、眉を寄せた。いささか偶然過ぎるのではないか。小原田は、答えなかった。だが、その顔つきからすると、小原田自身も無理があると承知しているようだ。

「磯原様ご自身は、何と言っておいでなのです」

「暮れ六ツ頃に学問所を出て、真っ直ぐ家に帰ったとさ。六ツ半（午後七時）までには家に着いて晩飯を食い、その後家から出てねえと。あいつの家は下谷だ。学問所からは十四、五町（約一・六キロ）だから、真っ直ぐ帰ったなら確かに六ツ半までには着いてるな」

言い方から察すると、二人の子供以外に証人はいない、ということだろう。だが、家に帰っていないという証拠もないわけだ。千鶴は話を変えた。

「磯原様は、どうして佐倉屋様を殺さなければならないのですか」

「殺しの理由かい。あいつが佐倉屋から結構な金を借りてたってのは、知ってるだろう」

「はい。でも、佐倉屋様からの取り立ては、すっかり穏やかになって利子も下げられたと聞いております。借金を苦に、ということは……」

「そりゃあ、そうだが」

小原田は顎を撫でて、訳知り顔になる。

「これまで長いこと、きつい取り立てに苦しんでたんだ。積年の恨みってやつもある。金を借りたときや厳しい取り立てに遭ったとき、何か磯原の胸の内をざっくりと抉るような出来事があったかもしれねえ。そんな場合、人の恨みってのは、容易なことじゃ消えねえ」

「本当に、そんなことがあったのですか」

千鶴は酒を注ぎながら、小原田の顔を窺った。小原田は曖昧な笑みを浮かべ、盃を干す。どうも、小原田が勝手に考えているだけのようだ。さすがに千鶴は腹が立ってきた。こんなあやふやなことで、磯原を罪に落とすつもりなのか。

だが小原田も、千鶴の気分を感じ取ったようだ。まあ待てと掌を出した。

「言いてえことはわかる。今のところ、俺の考えだけで証しは何もねえ。だから御目付にも知らせてねえ。大番屋には来てもらったが、話を聞くだけって格好だ。今晩中に目明し連中が何も摑んで来なけりゃ、明日の朝にはお帰りいただく」

「まあ、左様でございましたか」

「でなきゃ、いくら俺とお前さんの仲とはいえ、ここまで話すもんか」

おいおい、どんな仲のつもりなんだ、この人は。それでも、これは朗報だ。早速梅治に教えてやらなければ。が、そこで小原田は釘を刺してきた。

「とは言え、他にこれっていうほど疑わしい奴は、まだいねえからな」

磯原が無実と確信しているわけではない、と言いたいのか。小原田は続けて言った。

「佐倉屋じゃお内儀は涙にくれ、番頭や手代は頭を抱えてる。跡目の倅は若過ぎて頼りねえし、まだ大坂に知らせは届いてねえ。このまま店が傾いたら、喜兵衛は浮かばれねえだろう。俺はとにかく、下手人を一日も早く挙げてやりてえんだ」

また一気に盃を呷った小原田は、いつになく真剣な目をしていた。


翌朝、瑠璃堂に昼まで閉めると張り紙し、千鶴は梅治と連れ立って大番屋に向かった。磯原を迎えるためだ。

少し早めの六ツ半（午前七時）過ぎに行ってみたのだが、さして待つことはなかった。五ツの鐘が鳴ると同時に、小原田に伴われた磯原が、大番屋の表に出てきた。その顔を見た梅治が、はっきりわかる安堵の溜息を漏らした。磯原は消沈した様子もなく、小原田と笑みを交わしている。

小原田が先に千鶴たちに気付いた。小原田はすぐに、「それじゃあ、どうも面倒かけました」と磯原に言って、すっと背を向けると奥に引っ込んだ。磯原はほっとしたように自分の首筋を叩いたが、正面に目を向け、梅治を見つけて破顔した。

「おう、源一郎（げんいちろう）！ 源一郎ではないか」

磯原は梅治の元々の名を呼ぶと、満面の笑みでこちらに歩み寄った。

「久しぶりだな。顔を合わすのは三年ぶりか。あ、済まん。今は梅治、だったな」

磯原が梅治の手首を握って言った。梅治の顔が赤くなる。

「そ、そうだな。無沙汰して、済まない」

磯原の家に近づけない梅治は、これまで直に顔を合わすのも避けていたのだ。

「ああ、いやいや、そんなことはいいんだ。おりくさんから、お前の様子は聞いている」

磯原は、そこで気が付いたように千鶴に目を向けた。

「おや、こちらはもしや、瑠璃堂の千鶴殿か」

「左様でございます。お初にお目にかかります」

千鶴は優雅な仕草で腰を折った。磯原が目を細める。

「梅治が世話になっているそうで。いやこれは、聞きしに勝る艶やかさ……あ、いや、ご無礼」

　磯原の目元にも朱が差した。梅治と千鶴を、交互に見比べる。

「こうして見ると、まさしく似合いの、というところなのだが……」

　梅治の指向を承知しているらしい磯原は、語尾を消して咳払いした。

「ところで、二人揃ってこんなところでどうしたのだ」

「いやその、修蔵さんが八丁堀にここへ連れて来られたって聞いたものでな」

　磯原が、えっと驚いた顔を見せた。

「おりくさんに聞いて、心配してくれたのか。それは悪かった」

　磯原は面目なさそうに頭を掻いた。

「気にせんでくれ。で、どんな具合だったんだ」

「ああ、いや、大騒ぎするようなことではない」

　真剣な目になる梅治に、磯原は笑って顔の前で手を振った。

「学問所から家に帰ってすぐ、小原田殿が来て、神田明神で佐倉屋が死んだことについて、少し話を聞きたいと言われてな。家ではなんだから、良ければ大番屋でということになったんだ。別に仮牢に入ったわけでも、縛られたわけでもないぞ。ちゃんとした晩飯も出たし、うちのより立派な布団も出してくれた」

　磯原が冗談めかして言ったので、気負っていた梅治の肩の力が抜けた。

「そうか。それなら良かった」

それでどんな、と聞きかける梅治の袖を引き、千鶴は立ち話ではちょっと、と開いたばかりの茶屋へ誘った。

「話そのものは、至って和やかだった」

磯原は、そんな風に言った。四半刻近くかけて聞いた話の中身は、千鶴が小原田から聞き出したことと、ほぼ同じだった。千鶴には磯原への疑いを隠そうともしなかった小原田だが、磯原本人に対しては、御家人相手ということでだいぶ気を遣ったのだろう。

「特に誰かを疑っているということは、匂わせなかったのか」

梅治が聞くと、「それはないな」と磯原は答えた。

「向こうは八丁堀だ。私なんぞに、本音は出すまい。疑っているとしたら、この私なのだろうな」

磯原は苦笑気味に続けて、旨そうに茶を飲んだ。

「だが私が思うに、佐倉屋の件が殺しだとすれば、その因は店の中の揉め事だろう。少し前なら厳しい取り立てに我慢ならなかった誰かが、ということもあったろうが、今は掌を返したように優しくなっているからな。私も狐につままれたような心持ちだったが、いったいどういう事情があったのか」

佐倉屋喜兵衛の変わり身が、千鶴の仕掛けだとは言わずにおいた。

「あんな風にやり方が急に変わったのは、店で何かあったからではないか。さらに言えば、やり方を変えたのが気に入らない店の者もいたかもしれんし」

磯原も、見るべきところは見ているようだ。梅治も、「修蔵さんの言う通りだろうな」と頷いている。

「正直、私への疑いが晴れたのかどうかはわからんが、実際何もやっていない以上、さらに面倒なことにはなるまい。そう思っているのだが」

磯原は最後に、そう願いたいという風に言った。

「ああ、大丈夫だとも」

梅治は言葉に力を込めた。磯原は、だといいがね、と笑った。

「引き留めて悪かった。壮太郎と里江が心配してるだろう。すぐ帰ってやれ」

わかった、と磯原は立ち上がった。

「今日はわざわざ来てくれて、かたじけない。またいずれ、どこかでゆっくりと」

磯原はそんな挨拶をして、歩み去った。梅治は去って行くその姿を、じっと見送っている。

磯原の背中が見えなくなったところで、千鶴は梅治の脇を小突いた。

「そういうことなのね、梅治」

「え、何だ、そういうことって」

梅治はどぎまぎした様子で千鶴を見た。わかってますよと千鶴は笑う。

「磯原さんて、眉が濃くて目元が涼しい、いい男ぶりじゃないの」

磯原の顔を見た時から、千鶴は梅治が、熱くてほのかに甘い気を発するのを感じ取っていた。磯原に話しかけるたび、その気配が強くなる。それで確信できた。ずっと前から、磯原は梅治の思い人なのだ。だが磯原が発していた気は、穏やかで懐かしみのあるものだけだった。磯原は、自分に向けられた梅治の思いを薄々察しつつも、同じところには立てない、とわかっているのだ。そして梅治もそれを承知している。

千鶴は心の内で、何て切ない話なんだろう、と涙していた。だがそれを表に出されては、梅治はやりきれまい。それがわかるので、敢えて揶揄する格好を見せているのだった。

「まあしかし、だ」

気を取り直したように、梅治が言った。

「真（まこと）の下手人を挙げない限り、小原田さんの修蔵さんへの疑いは消えまい」

「そうかもね」

その言葉に決意のようなものを感じた千鶴は、梅治の顔を見た。いつになく引き締まり、美麗な顔立ちがさらに煌（きら）めいて見える。千鶴は思わずどきりとした。

「取り掛かるのね」

「今日中にも」

　梅治は決然とした足取りで歩き出した。

十三

「それで梅治は、昨夜佐倉屋の通夜に出向いたんだな」

　朝から瑠璃堂の支度を手伝っている権次郎が言った。梅治は佐倉屋に張り付くということなので、今日から数日、権次郎が代わりに瑠璃堂の執事役を務める。

「ええ。通夜が終わる頃を見計らって、最後の客になるように行ったのよ。大勢お参りに来てる最中じゃ、お内儀に話しかけるのもままならないでしょう」

「ふん、そりゃそうだ。で、どうだったって？」

「昨夜は顔つなぎ程度にしたって。亡くなる少し前に瑠璃堂に度々来られていたので、せめてもの御弔いを、という感じで」

「瑠璃堂って名乗ったのか」

　それは良かったのかな、と権次郎は首を傾げたが、千鶴はそれでいいと答えた。

「喜兵衛さんが盛んに寺社参りをするようになったのは、あたしのご託宣のせいだってことぐらい、向こうも承知でしょう。お内儀たちに何かやましいことがあるなら、こっちに探りを入れてくるんじゃない？　どこまで知ってるかって」

「ははあ、相手の出方を見て、逆手に取ろうって寸法かい」

梅治ならうまくやるだろう、と権次郎は得心したようだ。

「取り敢えずお内儀には会ったわけだ。お登喜さん、どんな様子だった」

「うん、まあ普通に、亭主を亡くした大店のお内儀らしい振舞いをしてたそうよ。だけど……」

「何かあるのか」

千鶴が語尾を濁したので、権次郎が眉を上げた。

「うん。梅治が言うには、取って付けたような態度に思えた、って」

「ああ、なるほど」

権次郎が膝を打った。

「つまりだ。通夜に来た客の目に、いかにもそれらしく見えるよう演じてたんじゃねえか、ってんだな」

「そんなところね。あたしが一緒に行きゃ、もう少しわかったかもとは思うんだけど」

お登喜が何か隠しているなら、張り詰めたような、或いは邪な気が感じ取れただろう。

「いやいや、ここは梅治に任せた方がいい。お内儀をたらし込む気なら、あんたがいない方がやり易い」

かぶりを振って、権次郎が言った。たらし込む、とはずいぶんな言い方だが、確かに梅治が美貌を活かしてお登喜に近付くとすると、千鶴が横にいてはその気になり難いかもしれない。それもそうね、と千鶴は応じた。

「で、梅治は今日もお登喜さんに会うんだな」

「うん。今日の葬儀に来る客の顔ぶれを確かめてから、また最後に佐倉屋に行くって。で、少し話をして感触を探ってから、もう一度会うつもりよ。今度はもっと濃く、ね」

女に惚れることのない梅治だが、元役者だけあって演技で女を落とすことはできる。無論、当人としてはやりたくないのだが、今回は磯原のためと割り切っているのだ。

「しかしいくら二枚目だからって、亭主が急に死んで二日や三日で、なびくかね」

「普通ならないでしょうけど、後添いに入ったときから身代狙いだったなら、別よ」

梅治が送る秋波を受け止めるかどうかで、その辺りが測れるというわけだ。俺にはできない芸当だなと、権次郎が苦笑した。

それじゃあ梅治に代わって、裏の掃き掃除でもしておくか、と権次郎が障子を開けた。そしてふいに、動きを止めた。

「どうしたの」

権次郎が障子の陰に身を隠すような仕草をしたので、千鶴は顔を引き締めた。権次郎はすぐには返事せず、しばしの間、菊坂の方を見つめていた。

三呼吸か四呼吸、緊張を続けた後、権次郎が肩の力を抜き、菊坂を眺めやったまま言った。

「こっちを見張ってるような奴がいた」

千鶴はすっと立ち、音を立てずに権次郎の脇に寄った。

「どんな奴」

「いや、もう行っちまった。見つかったのに気付いたようだ。紺絣(こんがすり)の着流し、年の頃二十五、六。堅気じゃなさそうだな」

「佐倉屋に雇われたのかな」

もしそうなら、梅治の動きが不審を招いたのかもしれない。だが権次郎は、違うだろうと言った。

「まだ梅治は、疑いを招くほど深入りしちゃいねえだろう。千鶴さん、覚えてるか。猿屋町の家で空の千両箱を見つけた晩、誰かに見られたような気がするって俺が言ったのを」

あれか、と千鶴はすぐに思い出した。あのときは気のせいだと片付けたはずだが。

「じゃあ、本当に見張られてたと？　今のは、それと同じ奴ってことなの？」

「いや、そいつはわからねえ。けど、佐倉屋の差し金ってよりはありそうだぜ」

千鶴は、眉をひそめた。こういうことに関しては、元手練れの岡っ引きだった権次郎の目は確かだ。猿屋町の家に関わっているとすれば……。

「贋小判の一味が、こっちに目を付けたかもしれないってことね」

思わず口元が歪んだ。こいつらは、佐倉屋の連中よりずっと厄介だ。


夜遅くなって、梅治が帰って来た。御弔いの席ということで、地味目の小紋姿だが、蠟燭（ろうそく）のほのかな明かりに浮かぶ愁いを帯びた顔は、千鶴でもどきりとするほどだった。これで優しげな声で迫られたら、その辺の後家さんなんかイチコロだ。

「うまくその気にさせたかい」

権次郎がニヤニヤしながら問うた。羨ましい役目だとでも言いたそうだ。梅治は、困ったような笑みを浮かべた。

「半ばまでは、うまくいった」

「半ばって？」

千鶴が訝しむと、梅治は畳に胡坐をかいてから言った。

「弔いに来た客がみんな帰るのを待って、お登喜さんに近付いた。通夜ではご挨拶だけで失礼しました、ってな。葬儀の疲れで迷惑がられるかとも思ったが、そんなことはなかった。それどころか、俺の顔を見て目元に朱が差してたぐらいだ。こいつは脈ありと踏んだ」

千鶴と権次郎が、揃ってうんうんと首を振る。

「佐倉屋の旦那はいい人だった。信心深く、千鶴さんの占いを素直に受け入れ、善行を施していた立派なお方だ。お内儀は、さぞお力落としでしょう、どうか気をしっかりと。私でよければ、いつでもお力に、などと並べ立て、ここぞってところでさりげなく、両手でお内儀の手を取って目と目を合わせた」

はァーっ、と千鶴は盛大に呻いて額を叩いた。

「その甘ったるい喋り方でねえ。梅治が男にしか興味ないと知ってなきゃ、あたしだってその気になっちゃうよ。お登喜さん、すっかりとろけちゃったんじゃないの」

権次郎も、何だい、充分うまくいってるじゃねえかと笑う。梅治は、首筋を撫でた。

「それがな、いい所までいって、邪魔が入った。二番番頭の克之助だ」

「ああ、あの二枚目の番頭ね。昌之助も喜兵衛さんも死んだから、これから佐倉屋の商いは、克之助が采配するのよね」

二枚目の番頭、と言われて梅治がちょっと赤らむ。やはり好みのようだ。

「そうなるな。その克之助がお内儀に、お疲れでしょうからそろそろお休みをと言いに来たんだ。俺の方も、お気遣いは有難いが、もうこの辺で帰ってくれ、とやんわり言われた。おまけに、佐倉屋もお内儀も自分が守っていくから余計な心配は要らん、というような意味のことを、丁重にだがきっぱり言いやがった」

「へえ。奉公人の鑑（かがみ）じゃないの」

「まあ、確かにそう言えるんだが。あいつが俺を見る目付きが気に入らなくてな。何だか、家に入り込んだ野良猫でも見るような感じだった」

「お内儀に悪い虫がつかないよう、警護してるってわけか」

権次郎が馬鹿にしたように笑った。一方、梅治は真顔になる。

「それより、お登喜さんの態度の方が気になった。まあその、自分で言うのも何だが、お登喜さんを籠絡するのはうまく運んで、こっちを熱っぽい目で見つめるようになってたんだが、克之助が来た途端、慌てて目を背けた」

権次郎が、ほう、という顔になる。

「そのときのお登喜さんは、一瞬だが、浮気を見つけられた女房みたいな顔つきをした。その後は座ったまま身を引いて、克之助を済まなそうな目でちらちら見てた」

そこまで聞くと、千鶴はニヤリとした。

「何だか、わかり易い話じゃない」

前に佐倉屋の様子を見に行ったとき、昌之助と克之助とお登喜を見て感じた、悪意のようなどろっとした「気」の正体が、見えたような気がした。

「お登喜と克之助は、デキてるってことか」

驚くには当たらないな、という調子で権次郎が言った。岡っ引きをやっていたとき、似たような話を何度も聞いているに違いない。

「今のところ、俺が感じただけで証しはない」

梅治が幾分慎重な言い方をした。その意図はわかる。

「裏を取るつもりね。しばらく見張って、言い逃れできない証しを摑もうと」

梅治は、そうだと返事した。

「どうだい。お登喜と克之助がつるんで、店を乗っ取るために旦那を始末したんだと思うかい」

権次郎の問いかけは、念を押すようだった。権次郎の頭では、それしかないと答えが出ているのだ。梅治も、否定はしない。

「そう考えるのが理に適っていそうだが、殺しの証しまでは挙げられんだろうな」

「それは小原田さんに任せればいいわ。それより、もっと厄介なことが」

千鶴は権次郎を促し、瑠璃堂を見張っていた男のことを話させた。梅治の顔が曇る。

「ねえ、お登喜さんと克之助は、贋金一味と通じてると思う?」

「そいつはわからないが」

梅治は腕組みして考え込んだ。

「お登喜や克之助が、贋小判を流すのに手を貸したとして、何か得になることがあるかな」

佐倉屋から贋小判が大量に流れたと知れたら、乗っ取ろうとしている店に傷が付く。下手をすれば闕所（資産没収）になって、身代を御上に取り上げられかねない。贋金一味から分け前が出たとしても、得るものより失うものの方が大きそうだ。

「そうね。ちょっとおかしいね」

「いずれにしても、二人の仲を確かめるのがまず先だ」

もう少し見張る、という梅治を、権次郎が止めた。

「待ちな。お前みてぇな美形がうろついてちゃ、どうしたって目立っちまう。見張ったり尾けたりは、俺に任せとけ」

その通り、権次郎はそうした仕事の玄人だ。梅治も気付き、もっともだと承知した。

次の日、執事の仕事を梅治に戻し、権次郎は朝から佐倉屋の見張りに出向いた。これまでに何度も周辺を調べ回っているので、勝手は承知していると言う。何かあったら見逃しはしないだろう。千鶴と梅治はいつも通りに占いを続け、権次郎を待った。

昼過ぎ、権次郎は早々に瑠璃堂へ戻って来た。こんなに早く引き上げるとは思っていなかったので、千鶴は期待して聞いた。

「早速何か摑めたの」

権次郎は、いいやとかぶりを振る。

「惣六の手下が張り付いてる。小原田の旦那の方でも、佐倉屋に何か妙な動きがないか、見張らせてるそうだ」

「ああ、それなら小原田さんたちに任せておけばいいわね」

千鶴は安堵して言ったが、これにも権次郎はかぶりを振った。

「お登喜や克之助の方でも、惣六たちに見張られてるのは知ってるだろう。見張りは四、五日は続くだろうから、動くとしてもその後だな。どのみち、初七日も済まねえうちに何かしようとはしねえだろうさ」

権次郎は、惣六たちが引き上げた頃を見計らって、また探りに行くと言った。梅治は残念そうな顔をしたが、これは権次郎の言う通りだろう。

「わかった。じゃあ、こっちはその間、どうする」

「それだが、まず火の粉を払った方がいいだろう」

権次郎が言うのは、瑠璃堂を見張っていた連中のことだ。

「もう一度、贋小判の方にもどるわけね」

千鶴も否やはない。

「どこから手繰るの」

「うん。佐倉屋の贋小判を追っても、出元に行き着くのは難しいだろう。それよりは、猿屋町だ」

そうか、と梅治が手を叩く。

「あの家を借りた連中のことを、洗い直すんだな」

「そういうことだ。下谷の正右衛門さんに、もういっぺん詳しい話を聞いちゃどうかと思う。借りた奴の人相風体だけでなく、物腰や何かから、気付いたことはねえかってな」

「いい考えね。正右衛門さんのところなら、あたしも行こう。占ったのはあたしだし、その方が話がしやすいでしょう」

梅治が賛同し、ならば三人でと、瑠璃堂を閉めてから夜に出向くことにした。夕餉はおりくさんに断って、帰りに池之端（いけのはた）の料理屋にでも寄ろう、と権次郎が言った。たまにはいいか、と千鶴も承知する。

このときはもちろん、とんでもない事件が待ち構えているとは思いもしなかった。

十四

「わざわざ千鶴様にお出でをいただけるとは、恐れ入った次第でございます」

三人を迎えた正右衛門は、少なからず驚いた様子だった。今日の千鶴は、髪形はそのままに、鈴小紋の鶯色の絹織という上品な装いで、そういう姿の千鶴を初めて見た正右衛門は、目を瞬いている。

「改めて猿屋町の家のことをとは、如何なさいましたので。何か占いで不吉なことが出たりしましたのでしょうか」

正右衛門は不安そうに言った。千鶴は急いで打ち消す。

「そうではございませぬ。あれから正右衛門様には、新たな災いなどは起きておりませんでしょう」

「は、はい。占いをいただいてから、おっしゃる通り身を慎みまして」

千鶴は、にっこりと微笑む。

「ご精進の結果、御身の災いは避けられているのです。何よりでございます」

ははっ、ありがとうございますと正右衛門は安堵したように平伏した。

「ですが、先日、猿屋町を通りました折、ご相談のあった家に相変わらず黒い影が張り付いておりますのが感じ取れました。このままにしておきますと、知らずに近寄った他の方々に災いが起きぬとも限りませぬ。これは捨て置いて良いものではない、と存じ、こうして御迷惑も顧みず、お訪ねいたしました次第でございます」

我ながらうまいことを言ったな、と千鶴は胸の内でニヤついた。人ではない建物から邪気を感じ取ることはできないので、そこははったりなのだが、正右衛門は信じるだろう。その上で、自分は無事でも、他人に不幸を与えるなどと言われれば、穏やかではいられまい。

「そ、それは大変です。どうしたらよろしゅうございましょう」

「ご安心を。私が邪気を祓います。それには、あの家を借りたお方と経緯について、より詳しく知らねばなりません。確か、与三次郎という人で、聞いていた町には住んでおられず、行方も知れないとのことでしたね」

「左様でございます。貸家の約定を取り消して、他に貸したいところですが」

「店賃はその後も、届いているのではございませんか」

「はい、今月分は。使いの者、というのが来て、置いていきました。ただ、自分は使いを頼まれただけで、相手方のことはよく知らないと」

もうあの家は用済みだから、今月で払いを打ち切り、ほとぼりの冷めた月末頃、家を返すつもりと見て良かろう。その際、与三次郎を名乗った男が現れるのかどうか気になるところだが、今その話はいい。

「やはりそうですか。与三次郎という人は、どなたかの紹介で来られたのですか」

「いいえ。貸家の札を見て、気に入ったからと直に来られました」

「そういうことは、よくあるのですか」

「いえ、今までは町役さんなどのご紹介がほとんどで。ですが、あそこは三月(みつき)の間借り手がつかなかったものですから、つい渡りに船と」

借りた側としては、あの近辺の水路に面していてある程度の大きさがあり、詮索好きの隣人がいなければ、どんな物件でも良かったのだろう。

「どのような御顔立ちで、年格好はどれほどの方でございましょうか」

「はい、丸顔で目尻の下がった、いかにも商人風の方でございました。年の頃は、三十少し過ぎくらいかと。穏やかそうに見えましたので、信用してしまったのですが」

千鶴は、ちらりと権次郎に目を向けた。権次郎が、それと気付けないほどに首を横に振る。心当たりはないようだ。

「話し言葉に訛(なま)りなどもなかったのですね」

「それは気付きませんでした」

そうですか、と言って、千鶴は再び権次郎を横目で見る。権次郎が小さく頷いた。これ以上、聞き出せることはないと見切ったのだ。

千鶴は、さらに災いの種が隠れていないか、これからどう精進すれば良いか、占っておきますと告げて辞した。正右衛門は、恐縮して何度も礼を述べた。

下谷長者町の正右衛門宅を出た三人は、池之端への道を取った。とうに日は暮れ、もう六ツ半になろうかという頃だ。

「あれだけじゃ、何もわからねえな」

二町（約二二〇メートル）ほど進んでから、権次郎が言った。月明かりに、思案投げ首の表情がぼんやり窺える。

「惣六に言って、正右衛門のところに手下を張り付けさせるか。借家を返す話をしに、奴らの誰かが来たところを尾けて、ヤサを突き止めるってのはどうだ」

千鶴は賛同しなかった。

「惣六親分を使ったら、小原田さんの耳に入るでしょう。せっかくお金にできそうな話なんだから、八丁堀にはまだ動いてほしくない」

「おいおい、もう佐倉屋からの礼金は望めないってのにか」

権次郎が呆れたように言った。

「贋金一味の上前を撥ねようとか考えてるなら、ちっと危な過ぎるぜ」

だいたい、どうやって撥ねりゃいいかもわからねえのにと、権次郎は文句を言う。

千鶴は鼻を鳴らした。

「虎穴に入らずんば虎児を、って言葉、知らないの。時には大きく狙わないと、あたしたちの目指すものは成就……」

「しいっ！」

突然、梅治が小声で言った。権次郎と千鶴は、ぎくりとして足を止めた。そこは右を伊勢亀山六万石の石川家、左を上総久留里三万石の黒田家という大名屋敷に挟まれた通りだ。道幅は狭くはないが、場所柄、この刻限では人通りはない。千鶴は息を詰め、周りを確かめた。

前の暗がりから、黒い影が三つ、いきなり現れた。さっと後ろを向いてみる。いつの間にか、後ろにも三つ、影があった。千鶴たちは、一様に身構えた。梅治が提灯を掲げるが、相手の顔まで光は届かない。

六人は、前後からじりじりと間合いを詰めてきた。左右は大名屋敷の塀が長々と続いており、逃げ場はない。一人の胸元で、何かがきらめいた。匕首を出したのだ。

前の三人のうち、匕首を手にした真ん中の奴がいきなり踏み出した。その顔に、梅治が提灯を投げつける。頬かむりをした、えらの張った剣呑そうな顔が一瞬、見えた。

男は、提灯を避けようと顔を逸らせた。動きが崩れる。その足を、梅治が払った。男の体が傾く。梅治は手を伸ばし、匕首を持った手の腕を摑んでねじり上げた。男が、うっと呻く。梅治はそのまま摑んだ腕をぐいと捻る。骨の折れる音がし、男が悲鳴を上げた。梅治は折れた腕を摑んだまま男を振り回し、向かって来ようとした右側の男に横から投げつけた。二人は重なって、地面に倒れ込んだ。

左側の男が、梅治に殴りかかった。梅治は伸びてきたその腕を摑むと体を捻った。男の体が宙に浮き、そのまま地面に叩きつけられた。見事な体術だ。瞬く間の、流れるような立ち回りだった。

千鶴は背後に下がり、屋敷の塀に背中をくっつけて、じっとしていた。梅治は大丈夫と見て、権次郎の様子を窺う。権次郎は後ろから来た三人を相手に、拳を振るっていた。不用意に突っ込んで来た一人が、拳をまともに顔に食らって倒れた。次の男が匕首を突き出す。辛うじて避けた権次郎が、その腕を押さえ込み、もみ合いになった。そこへもう一人が駆け寄り、権次郎の脇腹を刺そうとする。が、すんでのところで梅治に襟首を摑まれ、土塀に思い切り叩きつけられた。頭の後ろをしたたかに打った男は、そのまま昏倒した。

その間に権次郎は、もみ合っていた相手に頭突きを食らわせた。相手の膝が崩れる。その顎に膝蹴りを打ち込むと、男は匕首を落としてその場に突っ伏した。

「ち、畜生めッ」

呻き声が聞こえ、昏倒していた男がよろよろと立ち上がった。どうにか起き上がった賊たちは、とても敵わぬと悟ったか、背を向けて走り出そうとした。その一人に梅治が駆け寄り、着物を摑んで引き倒した。あッと叫んで起き上がろうとする男を、羽交い締めにする。その隙に、残る五人は逃げ去った。

権次郎が近付き、じたばたと暴れている男の頰かむりを剝ぎ取った。男が唸り声を上げる。千鶴も、その傍に寄った。月明かりだけでははっきり見えないが、彫りが深く角張った顎をしている。年は四十の手前くらいか。

「生憎だったな。優男と女と見て舐めてかかったようだが、そっちの兄さんは元は侍でなァ。侍を続けてりゃとっくに免許皆伝ってほどの凄腕なんだよ」

不敵に笑う権次郎を、梅治が「おい」と窘めた。調子に乗って余計なことを喋るな、ということだ。権次郎は舌打ちし、男の胸ぐらを摑んだ。

「動きを見て、お前が頭だってこたァわかったぜ。何者だ」

男は歯噛みして、権次郎を睨み返した。面構えはなかなかで、場数を踏んだ盗人か何かだろう。

「贋金造りに雇われたか。奴らに言われて俺たちを始末しに来たのか」

梅治は男に言ってから、千鶴に顔を向けた。暗くてわからないが、ほら見ろ危ないことになったじゃないか、と渋面を作っているに違いない。

「どうなんだ。俺たちを殺れと指図したのは、どこのどいつだ」

権次郎が胸ぐらを摑んだまま揺すぶったが、男は何も言わない。容易に口を割るタマではないだろう。

「ここなら人通りがねえと踏んで襲ったんだろうが、こっちも好都合だ。さっさと喋らねえと、目ン玉が潰れるぜ」

権次郎は右手に力を入れて襟を掴んだまま、左手で拾い上げた匕首の切っ先を男の目に近付けた。やり過ぎないでよ、と千鶴は顔を顰める。それでも効果はあったようだ。男が「やめろ！」と叫んだ。が、続く言葉に三人は唖然（あぜん）とした。

「ふざけるな。てめえらこそ、俺たちを始末しようとしてるんだろうが」

さすがに権次郎と梅治も、一瞬絶句した。

「何を言ってるんだ、この野郎」

「とぼけるな。てめえら、猿屋町のあの家に押し入ったじゃねえか。俺たちが隠れてると思ったんだろう。そうは行くもんか。てめえらが来る前に引き上げて、見張ってたんだ」

それじゃあのとき、ほんのしばらく前までこいつらがいたのか。家の様子からは、全然気付かなかった。床に足跡はなかったから、余程気を付けていたのに違いない。やはり相当手慣れた連中なのだ。

「そのうえ、佐倉屋の喜兵衛にうまいことを言って、寺社参りをさせたろう。神田明神へ誘い込んで、突き落としたんだろうが」

「何ぃ？　俺たちが佐倉屋を殺ったってのか」

「舐めるんじゃねえ。占いなんてどうせインチキだろう。てめえらが佐倉屋を嵌めたんだ。あの一番番頭だって、てめえらが始末したに違ぇねえ」

「ちょっと待て。お前らが佐倉屋の蔵に入って、千両箱をすり替えたんだな。昌之助って番頭が、手引いたのか」

「今さら何言ってやがる。だから次は俺たちだ。そうだろうが」

　意外過ぎる話に当惑していた千鶴だが、どうにか話が見えてきた。この男は贋金造りに雇われて千両箱を仕込んだ盗人で、こいつらを店に入れて蔵の鍵を開けたのは昌之助だ。そしてあたしたちを、贋金造りの一味が口封じのために雇った殺し屋だと思ってる。瑠璃堂を見張っていたのも、こいつらの一人に違いない。梅治と権次郎も同じように察したらしく、互いに顔を見合わせた。

　そのために、僅かな隙ができた。盗人の頭は、それを見逃さなかった。

「あっ、畜生、待ちやがれッ」

　頭は権次郎を突き飛ばし、脱兎の如く駆け出した。梅治と権次郎は、慌てて後を追おうとした。だが、相手は手練れの盗人だ。忽ち暗闇に紛れ、見えなくなった。権次郎は、やられた、と悪態をついて地面を蹴飛ばした。

「権さん、しょうがない。今は放っておこう」

梅治が権次郎の肩を叩いた。権次郎はまだ悪態をついていたが、もう追おうとはしなかった。

「でも、殺しに来た相手に殺し屋呼ばわりされるとはねえ。洒落になんないわ」

千鶴は腰に手を当て、暗い通りの先を睨み据えた。

「贋金造りの一味の正体まで、聞きだせりゃ良かったんだが」

「贅沢は言えんさ。それでもいろいろ、わかったじゃないか。昌之助が贋金造りと通じていたこととか、あの盗人連中は贋金一味と袂を分かったとか、そいつらは何人もの口を封じても自分らの企みを守りたい、ってこととか」

そこまで言ってから、梅治の口調が硬くなった。

「俺たちのことが贋金一味に知れてるとするなら、上前を撥ねるどころじゃないな。奴らを見つけ出して潰さない限り、こっちの身も危ない」

その通りね、と千鶴も真顔になって言った。

「喜兵衛さんは、奴らに始末されたのかしら」

「いや、それはわからん。贋金造りにとって、佐倉屋の旦那を殺す意味があったのかな」

「あの盗人はそう思い込んでるようだった。思うだけの理由があるのかもな。いや、単に怯えてるだけなのかもしれねえ。実際、俺たちについての奴の憶測は、みんな外れてたし」

権次郎は首を振りながら言った。

「当たってるのは、占いがインチキだろうってところだけだな」

千鶴は、権次郎の尻を蹴飛ばした。

十五

夜が明けてから、権次郎は湯島天神の界隈に出かけた。昨夜、盗人の頭が逃げた方角には、少禄の御家人が固まって住む大縄地があり、その先には湯島天神、神社の周囲には門前町の町家が並んでいる。さらにその先は、加賀百万石前田家の御屋敷だ。まさか百万石に関わりがあろうとは思えないので、その手前の町人地を当たってみることにしたのである。

千鶴と梅治は、何事もなかったように瑠璃堂の仕事を続けた。昨夜のことを思い出すと、ちょっと震えが来そうになるが、そこは辛抱して占いの格好を作ることに集中した。

その日まず来た客は、倅が学問所に入れるか占ってくれという武家の婦人だった。千鶴は婦人の物言いから、倅の出来はかなり悪そうだと見抜き、心静かに一生懸命、真面目に修業すれば入れると告げた。入れなければ、倅の努力が足りないというわけだ。当たり前の話なのだが、婦人は有難がって帰った。こういう客ばかりだと楽だ。

　次は上方（かみがた）への旅立ちの吉凶を知りたいという老人と、亭主の浮気相手がどこの誰か教えてほしいというお内儀だった。老人は吉凶と言いながら、本音は行きたくてしょうがないのが見え見えだったので、そうしろと言ってやった。お内儀の方は、丑寅（うしとら）の方角に注意せよとか、適当なご託宣で煙（けむ）に巻いておいた。

　一段落して日が傾いた頃、権次郎が戻った。どうだったと声をかけようとして、千鶴は言葉を呑み込んだ。権次郎の顔が、ひどく強張っている。

「権さん、どうした」

　梅治が心配そうに言った。権次郎は、待ってくれと手を出し、茶を所望した。梅治がすぐ出してやると、権次郎は一気に飲み干して、ようやく落ち着いた顔になった。

「参ったよ。不忍池（しのばずのいけ）の北側で、ホトケが見つかった」

　えっ、と千鶴は息を呑んだ。

「まさかそれ、昨夜のあの盗人の頭？」

「黒装束で、池に浮いてたそうだ。たぶん間違いねえだろう」

「俺たちが間違われた殺し屋に、殺られたってことか」

　梅治が唸った。

「ああ。細い紐みてえなもので、首を絞められてた。相当な手練れの仕業じゃねえかな」

あの男は匕首を落としたまま逃げたが、得物を持っていなくても、簡単に絞め殺されるような奴ではなかろう。

「あたしたちから逃げて、間もないうちに殺られたんでしょうね。尾けられたのかな」

「だとすると、俺たちを襲ったところも見られてたかもしれんな」

そうなら、恐れた通り、瑠璃堂のことも知られているだろう。

「逃げた他の連中はどうなったのかな」

みんな殺されたんだろうか、と千鶴はぞくっとした。権次郎は、それはねえだろうと言う。

「他の五人も昨夜のうちに殺されたとなりゃ、江戸中で騒ぎになってるはずだ。そんな様子はねえから、あいつらはただの雑魚だったんだろう」

「与三次郎とか名乗った商人風の奴はどうなの」

「あれも、家を借りる役を割り振られただけの雑魚だぜ。雇い主について知ってたのは頭ただ一人で、その口さえ塞いじまえば安心ってわけさ」

「それにしたって、昌之助に佐倉屋さんも合わせると、三人始末したわけでしょう。

血も涙もない奴ね」

　千鶴は唇を噛んだ。が、梅治は腕組みして考え込んでいる。

「梅治、何を悩んでるの」

「うん……これが贋金一味の口封じの殺しなら、喜兵衛旦那を殺すのはやっぱりおかしいだろう。あのお人が、何を知ってたって言うんだ」

「それは……」

　千鶴も思案してみた。喜兵衛は、そもそも千両箱をすり替えられたことを知らなかった。昌之助との仲は悪かったが、贋金一味との繋がりなど、考えてもいなかったはずだ。

「確かに、変よね」

「だろう。俺に言わせれば、お登喜と克之助の方が余程臭う」

「いや、ちょっと待てよ」

　権次郎が手を挙げた。

「俺たちは、あの盗人たちのことを承知してるから、喜兵衛が贋金のことを知らなかったとわかる。だがもし、世間に猿屋町の家のことが気付かれないままだったら、どうだ。主人も一番番頭も死んじまっちゃ、千両箱すり替えのからくりもわからねえまま、佐倉屋が贋小判の出元だって話しか残らねえぜ」

「つまり贋金一味は、佐倉屋さんが贋小判の出元だって疑いを被せたままにする気だった。でも喜兵衛さんが瑠璃堂を頼ったおかげで、段取りが狂った。そう言いたいわけね」

千鶴はなるほどと頷いた。それもあり得る。だが梅治は、手放しで賛同はしかねるようだ。

「どうかな……筋は通ってるが、俺はお登喜と克之助をもうちょっと探った方がいいと思う」

ふうん、と権次郎は梅治と同じように腕を組んだ。千鶴も頭を抱える。今のところ、どっちとも決められない。

結論を出せないまま、暮れ六ツの鐘が鳴った。梅治は瑠璃堂の表戸を閉めに行った。だが戸を閉める音の代わりに、梅治の驚いたような声がした。

「これは小原田様。今時分、どんなご用でしょう」

それが聞こえた途端、権次郎は裏手からそそくさと退散した。梅治は、小原田と顔を合わせたくない権次郎に聞こえるよう、わざと大きな声を出したらしい。

「またちょいと聞きてえことがあってな。権次郎はこっちに来てるか。長屋を覗いたら、まだ帰ってないようだったんでな」

「権次郎さんにご用で？」

「いや、いなけりゃお前さんたちに聞く。千鶴もいるんだろ」

小原田は梅治の案内も待たず、ずかずかと入って来た。

「まあ小原田様。如何なさいましたか」

巫女装束を脱ぎかけていた千鶴は、急いで着直して小原田の前に出た。

「おう。権次郎に何を探らせてるんだい」

小原田は前置き抜きでいきなり問うた。その忙しさに、ピンときた。小原田は、不忍池に浮いたあの盗人の殺しについて調べているのだ。

「何を、と言われますと」

「知らねえふりをするなよ。今朝早く、不忍池で盗人装束の男の死骸が揚がった。出張ってみたら、権次郎が周りを嗅ぎ回ってたってぇじゃねえか。あんたの指図なのか」

「指図などと、とんでもない。実は……お知らせしておけば良かったのですが」

下手に隠し過ぎない方がいい、と思った千鶴は、昨夜盗人連中に襲われたことを話した。小原田の目が吊り上がる。

「何だと。どうして番屋に届け出ねえ」

「何も盗られませんでしたし、逆に怪我をさせてしまったかもしれませんので……っい、遠慮してしまいました」

千鶴はいかにも申し訳なさそうな顔になり、背を丸めて詫びた。小原田の矛先が忽ち鈍る。

「いや、相手に怪我させても、あんたに何かあったら大変じゃねえか。梅治の腕が立つのは承知してるが、万一ってことがある」

「まあ。私などをご心配いただけるのですか。ありがとうございます」

嬉しそうに言ってやると、小原田は照れたように目を泳がせた。

「い、いやまあ、無事なら良かった。で、相手は六人だったんだな。権次郎はそいつらが逃げた方へ捜しに行ったと」

「はい。殺されたというお人は、その中の一人かと思いますが」

ふむ、と小原田は思案顔になった。千鶴は一歩踏み込んだ。

「殺されたお人は、どこのどなたなのでしょう。御奉行所でご承知の盗人でしょうか」

小原田の眉が動いた。やはり身元は割れているのだ。少し躊躇ってから、まあいいかと小原田は口を開いた。

「ああ。黒雲の龍玄って奴だ。ここしばらく姿を現さなかったんで、どこへ潜ったかと思ってたんだが……おや、どうした」

しまった。顔に出てしまったか。取り繕わねば。

「だいぶ前ですが、権次郎さんに聞いたことがあります。御奉行所が追っているのに捕まっていない盗人たちの中に、その名があったかと」

盗みの被害に遭った人が占いを求めて来ることが時々あり、その際に話に出たのだ、と千鶴は告げた。小原田は首を傾げたが、一応得心したようだ。

「しかしどうも解せんな。龍玄の仕事は、蔵破りだ。なんでお前さんたちを襲ったりしたんだ。しかも、眠りから覚めたみてえにいきなり現れてだぞ」

「さあ、それは何とも」

殺し屋と間違われたなどとは、口にできない。小原田は盛んに首を捻っていたが、はたと思い付いたように顔を上げた。

「そうか。蔵破りと言やあ、佐倉屋の蔵にあった、あの贋小判入りの千両箱だ。お前さんを襲ったのも、佐倉屋絡みだな。それしか繋がりは考えられねえ」

千鶴は内心で舌打ちした。小原田も決して間抜けではないのだ。

「おい、どうなんでぇ。お前さんたちは、贋金造りの尻尾を摑んだんで狙われたんじゃねえのか。知ってることがあるんなら、さっさと喋っちまえ」

小原田は千鶴に指を突きつけて迫った。千鶴は、滅相もないと困惑顔を作る。

「そんな、贋金造りなどという大それた企みなど、素人の私たちが探りようもございません」

あながち嘘ではない。実際、探ってはいるが五里霧中なのだ。

「じゃあなぜ、龍玄がお前たちに手を出すんだ」

小原田は繰り返し問うたが、知らぬと答えるよりない。小原田も確証はないらしく、それ以上は突っ込まなかった。代わりに、苛立たしそうに言った。

「いっそ占いで、誰が贋金造りをやってやがるのか、炙り出せねえのか」

何を虫のいいことを、と千鶴は腹で嗤った。占いとは、そういう都合のいいものではございませんと答えようとして、ふと思い立った。

「さあ……お望みであれば、やってみてもよろしゅうございますが」

「何、できるってのか」

小原田は目を見張った。本当に千鶴が乗るとは、思っていなかったらしい。

「はい。さすがに贋金造りを名指しするようなことはかないませぬが、ご縁のあった佐倉屋様のことならば、何か出せるかもしれません」

「まじかよ。それなら、すぐ頼む」

小原田は身を乗り出してきた。半信半疑なのかもしれないが、聞いてみるだけなら小原田にとって損はないはずだ。

「かしこまりました。用意いたしますので、しばしお待ちを」

千鶴は一礼して、奥に引っ込んだ。襖を閉めると、梅治がすぐ袖を引いた。

「おいおい千鶴さん、あんなこと言っちまって大丈夫なのか」

千鶴は、任せておきなさいと梅治の手を軽く叩いた。それからいつも通り座について、占い台を出すと、火鉢に火を入れて梅治に合図した。梅治はまだ疑わしそうな顔をしていたが、千鶴に促され、小原田を招じ入れた。

「そちらにお座りください」

千鶴に示された通り、真正面に正座する。薄い千早から透ける胸元がちょうど視線の先になり、落ち着かなくなったか、小原田は咳払いした。

千鶴は例によって水晶数珠を振り、しばらくの間ぶつぶつ適当な呪文を呟くと、仕上げに炎に手をかざして暗赤色に変えた。小原田の目が炎に注がれる。もう良かろう、と千鶴は合掌して数珠を置いた。

「佐倉屋様のお店(たな)の内に、まとわりつくような黒い霧がございます。これは、邪気の表れかと存じます」

小原田が目を瞬いた。場の醸す気に呑まれたように、真剣な目付きになっている。

「邪気、と言うと」

「はい。佐倉屋様の主だった方の中に、邪なお考えをお持ちの方がおられる、ということでございます」

「それは……贋金造りの仲間が、佐倉屋にいるってことか」

「いえ、贋金との関わりは、これだけで窺い知ることはできかねます。ですが、佐倉屋様がお亡くなりになったこととは、深く関わっております。喜兵衛様と最も近しいお方に、喜兵衛様への悪意があったと捉えるのが、この解釈として近いのではと存じます」

「最も喜兵衛と近い者……」

小原田の顔が歪んだ。思い当たったようだ。

「そこで、お終い(しま)か」

「はい。私にできますのは、これまででございます」

そう聞くやいなや、小原田はぱっと立ち上がった。

「よし、わかった。礼を言うぜ」

ひと言だけ言って、小原田はくるりと背を向け、足早に立ち去った。梅治はしばし呆気(あっけ)に取られていたが、やがて吹き出すと、千鶴に手を叩いた。

「なるほどねえ。うまくやったもんだ。佐倉屋の内に邪な気、ねえ。あれで小原田さんに、お登喜と克之助が怪しいと刷り込んだわけだ」

「そうよ。これで放っておけば、小原田さんが勝手に動く。お登喜さんと克之助が本当にデキてるなら、すぐに探り出すでしょう。しばらく小原田さんの注意は、龍玄から逸れる。その間に、こっちは贋金の方を追う」

千鶴は胸元を閉じ、梅治に頷いて見せた。それからふいに、しまったと額を叩いた。

「小原田さんたら、見料置いていかなかったじゃん。ただ働きだわ」

あれで金を取る気だったのかい、と梅治が吹いた。

十六

「さっき惣六に会ってきたんだが」

翌日の夕刻、瑠璃堂に来て縁側に座った権次郎が言った。

「小原田の旦那の指図で、船宿を当たり始めたそうだ」

「へえ、船宿」

千鶴は梅治と目を見交わして、笑みを浮かべた。

「それだけじゃねえ。他にも泊まりができる料理屋とか、目立たねえ宿屋とか、小梅にある佐倉屋の寮の近所も聞き込みに回らせてる。急に大忙しだって、惣六はぼやいてたぜ」

「お登喜と克之助が密会していた証しを捜してるのか」

梅治が言うと、権次郎はその通りだと応じた。思ったより仕事が早いな、と千鶴は少し感心した。千鶴の占いがお登喜を指していると承知した小原田は、あれからすぐにお登喜のことを調べたらしい。昨日の今日でもう密会場所を捜し始めたのなら、お登喜の不義密通は店の女衆などに勘付かれていたのだろう。それがすぐ八丁堀の耳に入ったということは、お登喜は奉公人たちにあまり好かれていなかったようだ。

「龍玄殺しの方はどうなってるの」

「そっちは下谷、池之端界隈の目明し連中に調べさせてるようだ。だが今は、小原田の旦那の目は佐倉屋に向いてる。盗人殺しよりは、札差の大店の一件の方が手柄としちゃ大きいだろうからな」

思惑通りね、と千鶴はほくそ笑んだ。

「龍玄殺しの方は、こっちで追っかけるとしましょう」

勘違いとはいえ、千鶴たちを襲ってきた奴なのだ。贋金一味との関わりを早く突き止めて手を打たないと、金儲けどころか、いつまた火の粉が飛んでくるかわからない。

「逃げた五人は、捜す当てがないのか」

梅治が権次郎に聞いた。権次郎は肩を竦めた。

「何もねえ。それに、雑魚を捜したって仕方ねえだろう」

「しかし他に何から手繰るんだ」

言われた権次郎は、うーんと唸った。千鶴も困った。自分から言い出したものの、千鶴にもこれといった考えはなかった。

辺りが暗くなり、厨の方からいい匂いが漂って来た。頃合い良く、おりくが顔を出す。

「そろそろ夕餉にするかい。今日は鰻を焼いといたよ」

「そうか。そいつはいいね」

鰻が好きな権次郎が、鼻をひくひくさせた。おりくは一度下がって、蒲焼と汁と飯の載った膳を運んできた。権次郎の膳には、徳利も載っている。

「今日もずいぶんと歩き回ったもんでね」

権次郎は千鶴の顔を窺いながら言い訳のように言って、徳利を傾けた。いいから好きに飲んで、と千鶴は手を振る。

「権次郎さん、まだ贋金を捜してるのかい」

おりくが言った。権次郎は頭を掻く。

「いやまァ、いろいろあってな。今はちょいと別口を、な」

龍玄に襲われたことは、無用に怖がらせることもないと、おりくには話していない。

おりくは、何やら忙しいんだねえと嘆息した。

「実は、また贋金が見つかった話を聞いたもんだからさ」

「え、また出たの」

千鶴は箸を止めて、どこでと聞いた。

「神田久右衛門町の伊原屋って米屋だよ」

瑠璃堂が米を買っている店ではないが、旦那はおりくの古い知り合いだと言う。

「十日ごとの勘定の締めをやったら、怪しい小判が見つかって、両替屋さんで詳しく見てもらったら、贋物だったって」

「だが佐倉屋の蔵にあった贋物入りの千両箱は、奉行所が押さえたんだ。その前に流れたやつかな」

梅治が小首を傾げた。どうかねえと言いながら、おりくは先を続けた。

「伊原屋さんが両替屋から聞いた話じゃ、日本橋の呉服屋や吉原の大見世でも出てるらしいよ。捜せばもっとあるんじゃないかい」

「へえ。思ったより出回ってるんだ」

少し意外な気がした。佐倉屋という出元を止めたのだから、贋金のことをあまり大っぴらにしたくない奉行所が、片端から回収しているはずなのに。

「贋金一味は、佐倉屋以外の店にも千両箱のすり替えを仕掛けたのかしら」

「いや、でも猿屋町の家には、空の千両箱は一つきりだった。幾つも埋めた様子はなかったし、一つ埋めて後はどっかへ運んだ、てのもおかしな話だろ」

権次郎がすぐに言った。それもそうだ。

「猿屋町の他にも、同じように使った家があるとか」

「そんな都合のいい家が、二つも三つも見つかるもんか」

「じゃあ……まだ細かく一枚ずつ、使ってる？」

「千両まとめていっぺんにすり替える奴らが、そこまで面倒なことをする理由があるかい」

千鶴は、言葉に詰まった。そこへ梅治が言った。

「うちに来た近江屋さんは、十枚掴まされたって言ったろ。五枚、十枚とあちこちに撒いてりゃ、八丁堀の網から漏れて人から人へ渡っちまったものも、だいぶあるんじゃないか」

権次郎とおりくも、そうだよと加勢した。

「いったい何枚、贋小判が町中に流れたのか知らねえが、全部すくい上げるのは容易なこっちゃねえ。今は大騒ぎになっちゃいねえとしても、すっかり収めるにゃあ、だいぶかかるぜ」

「小原田さんも、贋金に加えて殺しが三つじゃ、猫の手も借りたいだろうな」

梅治が鰻を頬張りながら言う。

「あの旦那、猫の手どころか、そのうち全部千鶴さんに占ってくれって泣きついてくるんじゃねえか」

権次郎の言葉に昨日の様子を思い出し、四人は声を合わせて笑った。

翌朝、五ツ半過ぎ。そろそろ客を迎えようと支度をしていた千鶴と梅治のところへ、権次郎が駆(か)け込んで来た。見覚えのある若いのが一緒だ。正面から顔を見て、すぐ思い出した。惣六の下っ引き、半助だ。惣六に言われて何か知らせに来たのに違いない。

何事、と聞く前に、権次郎が勢い込んで言った。

「ついさっき、佐倉屋のお登喜と克之助が、番屋にしょっぴかれた」

「えっ」

これには驚いた。小原田にその二人が怪しいと匂わせたのは自分なのに、こんなに早く動くとは思っていなかった。

「それって、喜兵衛さん殺しの疑いなのね」

「そうだ。昌之助殺しもこいつらの仕業だろうって思われてる」

千鶴は占い師の口調に改め、半助に問いかけた。

「何か証しのようなものが見つかったのでしょうか」

へい、そうなんで、と半助は大きく頭を上下させた。

「小原田の旦那に言われて、船宿を当たってたんですが、浅草橋場町(はしばちょう)の船宿で佐倉屋のお内儀と克之助って番頭が、何度もその、密通してたってことがわかりやして」

橋場町と言えば、吉原よりさらに先、大川沿いの江戸の町並みの北の端だ。店から充分に離れたところを使ったわけだ。

「一番遠くから順に当たれって言われて、三軒目で見つかりやした」

「そうなのですか。日頃の精進が実ったのでしょうね」

おだててやると、半助は嬉しそうな顔になった。

「へい、おかげさまで。小原田の旦那もお喜びで、ご自身で出張って確かめてから、今朝しょっぴこうって話になりやしたんで」

運も味方したのだろうが、一日二日で尻尾を摑むとは、さすが餅は餅屋だ。

「やはり、お登喜と克之助が邪魔な喜兵衛と昌之助を片付けて、佐倉屋を自分のものにしようって魂胆だったんだな」

梅治が念を押すように聞くと、半助は「旦那はそうお考えです」と答えた。

「お二人が密通していたこと以外に、喜兵衛様か昌之助様を手にかけたという、明らかな証しは何かあるのですか」

千鶴が言った。密通だけでは殺しの証しとしては弱いのでは、と思ったのだ。半助は首を傾げた。

「その辺は、あっしらには。夕方にはうちの親分が寄ると思いますんで」

自分は使い走りなので、惣六に聞けということか。千鶴は礼を言って、駄賃を渡した。半助は、こいつはどうもと両手を合わせ、足早に帰って行った。

「小原田の旦那も、仕事が早ぇじゃねえか」

半助が菊坂へ出て行った後、権次郎が言った。

「これであの旦那も、ますます千鶴さんの占いを信じちまうだろうぜ」

「ならば好都合だけどね」

千鶴はにんまりする。占いと称して小原田にこちらの思うことを吹き込めるなら、必要なときにいろいろと利用できそうだ。

「けどなあ、千鶴さん」

梅治はまだ懸念を浮かべている。

「佐倉屋の殺しはこれでいいとしても……」

「わかってる。あの二人が下手人なら、贋金の件と喜兵衛さん殺しとは関わりがないのよね」

自分たちにとっては、そちらの方が問題なのだ。千鶴は表情を引き締めた。

権次郎は、池之端の方をもう一度回ってあの辺の目明しから何か聞けねえか、やってみると言って出かけた。龍玄殺しの手掛かりと手下の行方について、探るつもりだ。

十手召し上げになった権次郎は、惣六のように今でも深い付き合いのある岡っ引きがいる一方、面汚しだと目の敵にされることもある。池之端界隈の岡っ引きとは、もともとさして付き合いがなかったはずだから、どこまで聞き込めるかは運次第だろう。

「権さんも、龍玄の手下の雑魚を捜しても無駄みたいなことを言ってたが、他に思い付かなかったようだな」

梅治は苦笑気味に権次郎を見送った。あまり期待はできないか、と千鶴も思った。

その日四人目の客が帰った七ツ半頃、権次郎は戻って来た。いかにもくたびれた様子のその顔は、何も摑めなかったことを言葉以上に表していた。

「空振りか」

梅治が言うと、権次郎は畳に上がって苦い顔をした。

「何にも、だ。話を聞ける奴が何人もいなかった、てのもあるが。僅かに聞いた話じゃ、龍玄殺しの手掛かりはまるでねえ。手下は不忍池に行く前にばらばらになったろうから、そっちの話も浮かんで来ねえ」

「ふうん。手下はともかく、龍玄殺しもさっぱりなのか」

「ああ。殺しがあったのは、それほど遅い刻限じゃなかったはずなんだが。龍玄らしい人影が通るのに気付いた奴はいるって話だが、下手人の方は影も形もだ」

千鶴が尋ねる。

「物音や声は」

「それも、全くねえ」

梅治と千鶴は、同時に眉間に皺を寄せた。

「あの辺って、そこまで寂しい場所じゃないでしょう」

「ああ。池の一番北は大名屋敷で、東は知っての通り寛永寺の山だが、龍玄が見つかった辺りは下谷茅町の端っこで、何十人も住んでる。人通りだって、全然なかったわけじゃねえ。なのに、何も出ねえんだ」

「それって、あり得ない話なの」

「いや、そこまでは言わねえが、どうも妙な感じだな」

権次郎も苛立っているようだ。もう少し詳しく、と千鶴が言いかけたところで、丸窓から夕陽を浴びて菊坂を下ってくる人物の姿が見えた。

「あれ?」

「おう、惣六が来たかい」

伸びあがって菊坂の方を見た千鶴に、権次郎が聞いた。千鶴は、かぶりを振った。

「違う。小原田さんよ」

十七

瑠璃堂に入って来た小原田は、お登喜と克之助をしょっぴいたことでさぞ上機嫌、と思ったのだが、どうもそうではないようだ。何が面白くないのか、口をへの字に曲げている。占いの礼を言いに来た、とは見えなかった。

「まあ小原田様。今朝ほど聞きましたが、お手柄でございましたそうで」

おかげで助かったのひと言ぐらいないのか、というつもりで千鶴は言った。それで思い出したように、小原田は「それについちゃ、世話になった」と小さく頭を下げた。ずいぶん軽く見てくれるじゃない、と千鶴は不快になったが、顔は愛想笑いを浮かべている。

「それにしましても、望まれて後添いに入ったお内儀と、引き立てていただいた恩のある番頭さんが、旦那様を手にかけるとは。何とも薄情な話でございますねえ。佐倉屋様がお気の毒で」

そうだな、と小原田が返事する。どうも反応が薄い。

「お二人は、もう白状したのでございますか」

「ああ、まあ、吐いた。喜兵衛を神田明神で突き落としたのは、克之助だ。神社の下働きの爺さんが見た人影と、背格好がほぼ同じだ」

その背格好で小原田は磯原を疑ったのではなかったか。思い出してみると、佐倉屋の店先で見た限りでは、克之助の背格好は磯原によく似ていた。

「それに奴は、旦那が寺社参りに出た少し後で店を出てる。下女が見てたんで、間違いはねえ」

それだけ揃えば、言い逃れは難しいだろう。

「昌之助さんも、克之助さんが殺したのですか」

「そうだ。お登喜との仲を嗅ぎつけられたんだ。旦那にばらされたくなかったら、今後何もかも自分の言う通りにしろと言われたとさ。昌之助は、克之助を引き込んで自分の思う大商いを旦那に認めさせる気だったんだ。あわよくば喜兵衛を隠居に追い込み、自分が佐倉屋を差配する思惑もあったらしい。そうなっちゃ、お登喜と克之助は一生昌之助の下に置かれちまう。自分たちが店を乗っ取るには、昌之助を始末する他ねえ。そう思ったんだ」

筋が通った話だった。たぶんそんなことだろう、と千鶴も考えていたので、驚きはない。

「ところが、ややこしいのはここからだ」

小原田の額に皺が寄った。

「克之助は、昌之助の動きを摑むため見張ってたんだが、ある晩、夜更けまで仕事をしていると、昌之助が一人で蔵の方へ行った。誰も気付いていないので、やるなら今しかない、と思って、克之助はかねて用意の包丁を持って庭に出ると、不意を衝いて昌之助を刺し殺した」

まあ恐ろしい、と千鶴は身震いして見せる。小原田の皺がさらに深くなった。

「昌之助は倒れ、克之助は動転しながらも盗人の仕業に見せかけようと、裏木戸の閂を壊しに行った。そこで、いきなり誰かに押さえ込まれ、口を塞がれたってんだ」

「何ですって？」

思わず声を上げてしまった。千鶴は口元を押さえて言い直した。

「他に誰かいたのですか」

「克之助が言うには、な」と小原田が苦々し気に言った。

「そいつは克之助の包丁を取り上げ、素人が物騒な真似するんじゃねえ、と囁いた。克之助が仰天して黙り込むと、そいつはさらにとんでもねえことを言った。このことは黙っといてやる。包丁も自分が始末してやる。その代わり、俺の言うことを聞け。お前が損することはない。そう言いやがったそうだ」

いったいどういうことなんだ。千鶴は横目で梅治を窺った。梅治も啞然としている。

「手が離れたんで、克之助は振り向いてみたが、そいつの姿はどこにも見えなかった。

狐か天狗か物の怪か、と怖気を振るったわけだが、そこで突っ立ってるわけにはいかねえ。大急ぎで部屋に戻り、布団を被って震えてたそうだ。朝になって、あれは悪い夢だったのかと思ったものの、お登喜に言わねえわけにもいかねえ。聞いたお登喜は、殺しをやって動転した克之助の気の迷いだと言い切ったとさ」

どうやら、お登喜の方が腹が据わっているらしい。店の乗っ取りを企んだのもお登喜だろうから、当然かもしれない。その気になると女は怖いねえ、と自分も女ながら千鶴は思った。

「それで克之助も忘れようとしたらしい。だがそうは問屋が卸さなかった」

「その何者かが、また現れて何か言ってきたのですか」

「そうなんだ。喜兵衛が寺社参りを始めて三日ほど経った夜、克之助が取引相手と飲み食いして店に戻ったとき、裏木戸を入ろうとしたらいきなり肩を押さえられて、路地の奥に引き込まれた。盗人かと思ったら、しばらくだなと聞き覚えのある声で囁かれた。全身が総毛だち、ありゃあ気の迷いじゃなかったとわかって、膝が崩れそうになった。そこへその何者かは、働いてもらうときが来た、って言ったんだ」

小原田は、講釈師のように喋り続けた。余程誰かに聞いてもらいたかったようだ。

「そいつは、旦那を始末する好機だって言いやがった。災難続きで占い師にでも吹き込まれたのか、喜兵衛は商いの利幅を縮め、寺社参りなど始めてすっかりおとなしくなっている。店の内に専ら目が行くようになったので、このままじゃお前さんたちの密通もばれる。そうなる前に始末して、店を自分のものにしろ、とな」

「克之助さんは、それに従ったのですね」

「うむ。そいつは、喜兵衛の寺社参りは東から北へ、北から西へと順に進んでいる。この順番だと、明日の夜は神田明神だ。あそこの石段で、そっと後ろに近寄って突き落とせば、殺しとは思われねえ。こんな機会は二度とねえ、と焚きつけた。克之助は、そんな恐ろしいことをと抗ったが、そいつには昌之助殺しを見られてる。逆らうわけにいかなかった」

「もっと大きな弱味を握られ、一生つきまとわれることになりましたでしょうに」

「だろうな。しかし、他に道はねえ。しかもお登喜に話したら、確かに好機だからやってしまえと言われちまった。克之助は仕方なく、指図通りに石段から喜兵衛を突き落としたってわけだ」

「まあ……何ということを」

千鶴は驚き呆れていた。まさか、喜兵衛殺しの裏に別の何者かの思惑があったとは。

「それが誰なのかは、わからないのですね」

「皆目だ。声以外、何もわからねえと。冗談じゃねえぜ、まったく」

小原田は、腹立たしいとばかりに首を振る。

「そんな馬鹿な話があるか、作り話も大概にしろと責め立ててやったんだが、誓って本当のことだとぬかしやがる。だが、お登喜の言い分も寸分違（たが）わねえんだ。捕まった場合に備えて二人で用意しておいた話、ってこともあり得るが、だったらもうちっと信じられそうな話を作るだろう。嘘みてえな話の割には、細かいところがやけにはっきりしてる。どうにもちぐはぐでな」

「でも……あまりに信じ難いですが」

「昌之助を殺した包丁が見つかってねえ、ってこともあるんだ。克之助が隠しそうな場所は、全部調べたんだが」

そこで小原田は、じっと千鶴の顔を覗き込んだ。何か言いたそうだ。千鶴は、すぐに察した。

「もしや、今日お越しになったのは、今なすったお話が本当かどうか占うように、と思（おぼ）し召しですか」

「あー、ああ。ま、そんなところだ」

小原田は照れ臭そうに顎を掻いた。やれやれ、天下の八丁堀が占い頼みとは。御奉行の耳に入ったら、何と思われるか。

「さあ、そのようなお頼みは私も初めてでございますが」

千鶴は少し勿体を付けた。

「まあ試しにやってみてくれ」

試しに、ね。いい気なもんだわ。

「そうですか。よろしゅうございますが……私は、これを生業としておりますので……」

口籠って上目遣いに小原田を見ると、さすがに察したらしい。

「あ、うん、わかってるさ。見料はちゃんと払う」

当然です。見せかけの占いとはいえ、二度もただ働きさせられてなるものか。

「かしこまりました。では、用意いたします」

千鶴は占いの間へ引っ込んだ。梅治が、またか、本当に大丈夫かという顔でこちらを見ている。

いつものように占い台を設え、千鶴は小原田を招じ入れた。小原田は、いつになく落ち着かなげな表情をしている。千鶴は一礼すると、水晶数珠を手にした。一通りそれらしい所作をこなした後、火鉢に青緑の炎を立ててやる。小原田はそれを食い入るように見つめた。

「あくまで、おおよそではございますが」

千鶴はゆっくりと語った。

「黒い邪気のようなものは感じ取れませんでした。先ほどのお話、悪意ある作り話ではないように思われます」

「そ、そうか。いや、それならいい」

小原田は肩の力を抜いた。これで安堵したようだ、と千鶴は気付かれぬ程度の薄笑いを浮かべる。

克之助の話をする小原田の様子から、腹の内は信じるのが六分、信じないのが四分というところだろう、と千鶴は踏んでいた。ならば六分の方へと押してやれば、ほっとして受け容れるはずだ。

それに、小原田自身も言っていたが、克之助の話はまた聞きながらも、嘘とは思えない切迫したものが感じられた。さらに言えば、思い当たることがないでもない。

「少ねぇが、礼だ」

小原田は紙包みを差し出した。梅治が丁重に受ける。

「それと、このことは目明し連中には内緒だぜ」

「承知しておりますとも」

八丁堀同心が下手人の調べに占いを頼ったなどと、世間に知れたら面子（メンツ）丸潰れだ。下手をすると奉行所の心証を悪くし、瑠璃堂の商売にも差し障る。千鶴は安心してとばかりに微笑んだ。

小原田は来たときよりはっきりと明るい顔になって、引き上げた。小原田の置いていった紙包みを開いた梅治は、失笑を漏らした。

「なんだ、一朱だよ。八丁堀にしちゃ、しわいな」

「うちの相場がわかってないのよ。少ないなんて言えないし、そんなに稼いでるのかと思われても癪だし」

「まあ、こっちがそれだけ稼がなきゃいけない理由なんか、知りゃあしねえからな」

千鶴は眉をひそめ、それは言わないの、と指を立てた。梅治は済まんと一度口を閉じてから、改めて言った。

「で、克之助の話だが」

そうね、と千鶴は察して頷く。

「おそらく、龍玄を殺ったのと同じ奴でしょう」

「俺もそう思う。だが、わからねえことが大きく二つ。まず、どうして奴は、昌之助殺しの場に居合わせたか。もう一つは、何のために克之助に喜兵衛を殺させたか」

「それがわかれば、全部解決」

だよな、と梅治は頭を掻いた。

「しかし、只者じゃないな。克之助は気が高ぶってたとはいえ、全く気配も感じずに背後から押さえ込まれてる。それから言いたいことだけ言って、一瞬で消えた」

「龍玄殺しに何の手掛かりも残さなかった、てこともね」

「まるで忍びだな。相当な手練れだ」

梅治は、ふうっと溜息をついた。

「贋金一味に違いないだろうが、厄介な相手だな」

それは千鶴も思う。こんな奴を使っているなんて、どれほど大きな一味なんだろう。

「さて、どうする。小原田さんも、佐倉屋殺しと贋金の関わりの方へ改めて目を向けるだろう。奉行所総がかりで贋金を追うはずだ」

梅治の言う通りだ。出元が佐倉屋と判明したことで、贋小判の追及はやや下火になっていたようだが、佐倉屋殺しが贋小判絡みとなれば、佐倉屋の裏にいる一味を炙り出そうと、役人たちも全力を挙げるだろう。猿屋町のことはまだ奉行所に知られていないので、今のところ龍玄殺しと結び付けられてはいるまい。だが、遅かれ早かれ役人連中も気付く。

「後は奉行所に任せちまっても、いいんじゃないか。佐倉屋から礼金をもらうこともできなくなったし、贋金一味は金儲けのネタにできるような相手じゃなさそうだ」

「それは……そうだけど」

梅治の言うのもわかる。これ以上探っても金になるという当てはないし、危険が増すだけだ。だが、手を引けばそれで無事に終わるのか。

「それじゃ済まないと思う。奴ら、龍玄の口を塞いだだけじゃなく、喜兵衛さんも殺させてるのよ。こっちの動きに気付いてるとすると、次に邪魔なのはあたしたち。たぶん、小原田さんと通じてることも知られてる。前よりもっと、危なくなったと思わない？」

　梅治は、難しい顔になった。千鶴の言うのも間違っていない、と迷っているのだ。

「千鶴さんの言う通りだぜ」

　裏手から権次郎の声がした。小原田の姿を見て長屋の方へ消えていたが、戻ったようだ。

「前にも言ってたが、火の粉は払った方がいい。情け容赦ない連中らしいのがはっきりしてきたからな。奉行所が追いつくのを待ってたら、間に合わねえ」

「いや、だからこそ……」

　そんな危険な連中を相手にしない方が、と言いかけて、梅治は諦めたように首を振った。

「進むも退くも、同じくらい危ないってか」

「だったら、進んで禍根を断った方がいい。腹を括（くく）りましょう」

　千鶴の言葉に、梅治も権次郎も厳しい顔になって頷いた。

「よし。じゃあどこを攻める」

　梅治が言った。権次郎は考えがあるようだ。

「佐倉屋も龍玄殺しも、これ以上は何も出ねえ。追うなら贋金だ。またぞろ、ぽつぽつと出回ってるそうじゃねえか」

権次郎は、おりくが先日話していたことを指して言った。

「ああ。神田の伊原屋さんとかだったわね」

「吉原の大見世でもって話だったぜ。ちょいと小遣いをもらえりゃ、これから吉原へ乗り込んで……」

伸びてきた権次郎の手を、千鶴がはたいた。

「何言ってんの。大見世で遊んだりしたら幾らかかると思ってんのよ。調べに行くなら、伊原屋さんか両替屋さんにして」

権次郎がいかにも残念そうに眉を下げ、梅治が笑った。

十八

翌日、権次郎は付き合いのある両替屋に行った。贋小判が見つかった店を一軒一軒当たるより、そうした話が集まる両替屋で聞き込んだ方が無駄がない、と考えたのだ。それでも余計な詮索をされないよう、この前贋小判を見てもらった丸高屋とは別の店を選んでいた。奉行所からは話を広めるなとお達しが出ているだろうが、そこは権次郎の腕だった。

「ところで、磯原さんはその後、どうしてるの」

権次郎が出て行ってから、千鶴は思い出して梅治に聞いた。梅治は、大丈夫だと微笑を浮かべた。

「おりくさんにまた様子を見てきてもらった。小原田さんに呼び出された件は内々で片付いたので、変わらず勤めに出てる。ただ、な」

梅治が少しばかり憂い顔になった。

「おりくさんが言うには、宮仕えに嫌気が差してるんじゃないかって。幾ら真面目に勤めても、一番下だからな。あいつの御役目じゃ上に行くのは難しい。いつまで経っても貧乏暮らしだ」

「嫌気って、浪人暮らしでもしようっての？　子供もいるのに」

「うむ。内職もしてた奥方を亡くして、あいつの稼ぎじゃ後添いの来手もない。親子三人、借金なしでは食うのがやっと。かと言って浪人になるんじゃ、貧乏から抜け出す役には立たない」

千鶴は考え込んだ。

「じゃあ、もういっそ侍をやめるとか」

半ば冗談で言ってみたが、梅治は笑わなかった。

「そこだよ。あいつは仕事柄、算盤ができる。出入りの商人と話す機会も多い。商人になった方が、暮らしが立つんじゃないかと考えてるみたいなんだ」

「ええっ、でも……」

浪人ならいざ知らず、一番下っ端とはいえ磯原は御家人だ。体面を考える親族もいるだろうし、そう簡単に侍を捨てられるのだろうか。

「いや、そう思うのはもっともだ。しかし、あいつは次男坊で、本家は兄が継いでる。まあ、本家も同じくらい貧乏なんだが。親族も多くないし、みんな似たような稼ぎなんで、できるもんなら稼げる町人になりたいと腹の中で願ってるだろうさ」

言ってから梅治は、赤くなって俯いた。

「それに、俺を見てるからな」

ああ、と千鶴は察した。梅治も、御家人身分を捨てたのだ。磯原はそれを見ていて、思うところがあったのかもしれない。

「まあ俺の場合、いろいろごたごたがあって、千鶴さんの親父さんに救われたおかげで今、こうしていられるんだが」

「そのことはいいから」

千鶴はさっと梅治を制した。梅治は、済まなそうに黙る。

梅治は大身旗本の小姓と痴情沙汰になったとき、豪商だった千鶴の父に間に入ってもらい、何とか丸く収めた過去があった。千鶴の父はその旗本に大金を貸しており、母が梅治の贔屓で生い立ちも知っていたことから、進んで仲裁に入ったのだ。命の代償として、梅治は芝居の世界から放逐されたが、その恩義で今は千鶴の守り役を務めている。だが、千鶴の両親と店はまもなく……。

千鶴は浮かんで来た思いを振り払った。今は昔のことを考える時ではない。

「そうねえ。手に職があるなら、敢えて面白くもない勤めを続けることはないかも」

千鶴は磯原の、腰が低く優し気な様子を思い浮かべた。あの御仁なら、侍より商人の方が向いているかもしれない。もしそうなったら、梅治も自由に会いに行けるだろうか。

権次郎は、七ツの鐘が鳴ったすぐ後に帰って来た。

「浅草下平右衛門町（しもへいえもんちょう）の駿河屋（するがや）に行ってみた」

駿河屋は丸高屋と同様、度々瑠璃堂の金を扱っている顔馴染みだ。

「贋金の話を振ってみたところ、渋ってはいたんだが、終いにゃ話してくれたよ。おりくさんが言ってた話は間違いねえ。確かに呉服屋や吉原で贋小判が出てる。それ以外にも、知ってるだけで三件あったそうだ」

「その三件、全部駿河屋さんで見つかったの」

「いや、駿河屋じゃ一枚も見てねえそうだが、仲間の寄合に出ると、どうしてもその話になっちまうとかでな。取引のある店から相談されたのが二件、両替屋で見つかったのが一件だ。三件とも、この四、五日の間の話だとさ」

「その寄合って、江戸中の両替屋が集まってるわけじゃないよね」

「ああ。浅草界隈の店だけだ。江戸中捜せば何十枚、何百枚も出てくるんじゃねえかな」

さすがに何百枚はなぁ、と梅治が言った。それだけ数日のうちに撒くには相当な人手が要る。金の流れ方を考えれば、吉原は別としても、神田から日本橋界隈に絞って撒いているのではなかろうか。

「誰がその贋小判を使ったか、てのはわかんないのよね」

「わからんようだ。無理もねえや。渡されたその場で贋物だって見破らねえ限り、その日来たうちの誰が使ったかなんて、簡単にはわからねえ」

「でも小銭じゃなく、小判なのよ」

「だから、日に何枚も小判が使われる店だけに限られてるのさ。吉原の大見世なんざ、一晩で小判が何十枚って話になるだろうからな」

ふーん、と千鶴は天井を見上げて鼻を鳴らした。

「もし、佐倉屋さんの蔵であの千両箱のからくりがばれてなかったら、どうなってたかな」

「そりゃあその、佐倉屋を通じて千枚の贋小判が江戸中に流れてたろう。うまく行くとわかったら、もっと何箱もの千両箱をすり替えたんじゃねえか」

「そんな風に事が運んでたら、細かく一枚二枚って贋小判の使い方、しなくて済んだのよね」

「ああ。いっぺんに千両ずつ、あっさり儲かったろうな。連中にとっちゃ、飛んだ思惑外れだ」

「それは、誰のせい？」

「……俺たちが、佐倉屋に首を突っ込む羽目になったからだ」

「向こうとしちゃ、かなり頭に来てるよね」

「だろうな」

「……それって、すっごく危ないよね」

「……危ないな」

三人は、互いを見交わした。火の粉を払う、どころではないかもしれない。

取り敢えず、奉行所が手を打つ前に佐倉屋からどれほどの贋小判が流れ出たか、確かめておいた方がいい、と梅治が言い出したので、千鶴は小原田を摑まえようと出かけた。今日は利休鼠の色目に手毬の小紋という、渋めの着物だ。もうとっくに奉行所は退出しているだろうが、行きつけの居酒屋などは調べ上げてある。

ちょうど暮れ六ツ、北町奉行所から八丁堀へ帰る道筋にある、本材木町の小料理屋で小原田を見つけた。五十くらいの胡麻塩頭の男相手に、飲んでいる。どこかの町役あたりだろう。世話になっている定廻り同心に馳走するのは、よくあることだ。千鶴は奥に向かい合って座っている二人に近付き、声をかけた。

「小原田様、こちらでしたか」

小原田が驚いて顔を上げた。相手の男は、千鶴を見て眉を上げた。

「お知り合いの方で」

そうだと小原田が答えると、初老の男は訳知り顔になり、これはこのような年寄りがいては無粋でございますなと言って、千鶴に笑いかけながら席を立った。その男に申し訳ございませんと詫びて、入れ替わりに小原田の前に座る。

「おいおい千鶴、こんなところへどうしたんだい」

当惑気味だが、満更でもない様子。千鶴は微笑み、さっきまでの相手が残していった徳利を持ち上げ、「まずはご一献」と小原田に注いだ。

「先日は、私のような者の占いをご信用いただき、ありがとうございました」

暗に占いの貸しがあるぞとほのめかす。何か思惑があるなと悟った小原田は、眉を動かした。すっと盃を干してから、聞いてくる。

「俺を摑まえようと捜してたのか。何か知りたいことがあるようだな」

「まあ、さすがのご慧眼」

千鶴は恐れ入ったように目を丸くして見せると、もう一杯注いだ。

「実は佐倉屋様のことでございますが」

「蒸し返そうってのか」

小原田がじろりと睨む。千鶴は一向に気にしなかった。

「お客様から伺いますと、まだ少量とはいえ市中に贋小判が出回っている様子。佐倉屋様から出た贋小判は、まだ御奉行所で集めきれていないのでございましょうか」

「なんでそれを聞く」

「お客様からそれに関わるご相談をお受けしますので、どうなったか知っておきとうございまして」

ふん、と小原田がまた睨む。千鶴の言う理由に得心したわけではないようだが、下手人についての占いを頼んだ負い目がある。耳にしたところでは、小原田は全て自分の目利きによる手柄だと吹聴（ふいちょう）しているらしい。千鶴は、睨み返すように小原田の目を見た。

先に目を逸らしたのは、小原田の方だった。

ようだ？　はっきりしないというのか。千鶴が怪訝な表情を浮かべたのを見てか、小原田が続けた。

「集めきれてねえ、ようだ」

「ちょいと勘定が合わねえのさ」

「どういう意味でございましょう」

「千両箱に入ってた贋小判と、そこから出されて店の金箱に入ってた金、お前さんのとこを含めた、佐倉屋から支払いのあった店で見つかったもの。全部合わせると、千と五両になった」

「え？　それでは、あの千両箱以外にも、佐倉屋様から贋小判が出ていたとお考えなのですか」

　細かく撒かれた贋小判は、佐倉屋のものとは別と思っていたのに。

「そうらしい。それについちゃ、昌之助の仕業だろうと踏んでるんだが」

「一番番頭さんが、贋小判を何枚か使ったと言われるのですか」

「あいつは千両箱のすり替えを手引いたと考えて、間違いあるまい。蔵の鍵は、喜兵衛と昌之助と克之助しか触れなかったんだからな。だから千両箱より余分に何枚か何十枚か、あいつが店の金箱に紛れ込ませたんだ。そうとしか思えねえ」

　あり得る話だ。いずれにしても、昌之助に聞くことはもうできない。

「だから全部で何枚の贋小判が出回ったのか、摑みきれねえのさ」

「どうしてそんな面倒なことをしたと思われますか」

「さてな。千両箱のすり替えをやる前に、贋小判がばれずに使えるほどの出来栄えか、試してみたってぇぐらいしか、思い付かねえな」

千鶴は頭を捻った。瑠璃堂に最初に来たときの喜兵衛の話から、千両箱がすり替えられた時期はわかっている。それ以前に昌之助の手で佐倉屋から流れ出たものがあるということだろうか。

「あのう、ふと思ったのですが、喜兵衛様の手文庫にも贋小判はあったのでしょうか」

小原田は、何を聞くんだという顔をしたが、どうにか思い出して答えてくれた。

「いや、そっちにはねえ。手文庫には、二月ほど前に喜兵衛自身が店の金箱から出した金を補充して、それきり誰も触れてねえはずだ」

「そうですか。どなたも触れていない……」

千鶴の頭に、解けない疑念が湧いた。小原田はこのことを、ちゃんとわかっているのだろうか。

十九

「それで、どこがおかしいって？」

千鶴が小原田から聞いた話をしても、梅治と権次郎はもう一つ飲み込めないようだ。千鶴は苛立って指を突き出し、振った。

「いい？　手文庫のお金は、二月前からそのままなの。贋小判が入り込むことはなかった」

「ああ、そのようだな」

「喜兵衛さんは、人並み以上に心配性だった。そういう商人って、大概はすごく几帳面。何がどこにあるか、勘定が間違ってないか、しょっちゅう確かめるの。だから手文庫のお金も、店先の金箱のお金も、きっちり勘定してたでしょう。両方が混ざらないように」

「うん？　てことは……」

「そう。喜兵衛さんが私事で使う財布のお金は、お店の勘定とは別のものでしょう。お店の勘定から分けた、手文庫のお金を入れていたはず」

「つまり……喜兵衛さんの財布に贋小判が入っていたはずはない、と」

ようやく千鶴の疑念に行き着いた梅治が、目を見開いた。

「それじゃ、ここへ来たとき財布から出した小判は……」

「本物だったはずなのよ」

「いや、しかし、現にうちの金箱には贋小判が入ってたじゃねえか」

権次郎はどうにも納得がいかない顔をした。

「そう、だからおかしいの」

「昌之助が喜兵衛さんの部屋に忍び込んで、手文庫の中身をすり替えたんじゃねえのかい」

「ないとは言えないけど、心配性の喜兵衛さんはちょっとでも常と違うことがあったら、気付いてしまう。現に蔵の千両箱が僅かに動いてたのを、やたら気にしてここに来たのよ。見つかったら厄介なのに、わざわざそんなことするかしら。贋小判を仕込むなら、昌之助さんがいつでも触れる店の帳場の金箱だけで充分でしょ」

「それも……そうだな」

立て板に水の千鶴に押されて、権次郎は一歩引いた。

「じゃあ、どうやって贋小判がうちの金箱に」

「あの日に来た他のお客の財布から、紛れ込んだんじゃない？」

瑠璃堂の勘定は、佐倉屋ほど几帳面ではない。喜兵衛のような心配性の者もいない。

紛れ込むこともあり得なくはない、と千鶴は思っていた。

「けどよ、あの日に小判を出したのは喜兵衛さんだけだぜ」

確かに、帳面でも記憶でも、他の客が置いていったのは一分金ばかりだった。それでも、見落としが絶対にないとまでは言い切れない。前日や翌日の勘定が混ざったことも一応は考えられる。それを言うと、梅治も権次郎も黙ってしまった。

「他の客って言うが、誰か思い当たるのがいるのかい」

権次郎が仕切り直すように聞いた。

「それなんだけど、一番考えられるのは、近江屋さんかな」

「どうして」

「だって、店で十枚も贋小判が見つかったって話してたじゃない。だったら間違って一枚くらい、持って来たかも」

それを聞くと、梅治も権次郎も失笑した。

「おいおい、いくら何でも安直過ぎやしねえか」

「ま、そりゃそうかもしれないけど」

根拠が薄いのは、認めざるを得ない。単なる思いつきなのだから。

「でもまあ、取っ掛かりとして聞いてみるのはいいでしょう。明日、瑠璃堂は午(ひる)までにして行ってみましょうよ」

梅治も権次郎も、反対するほどの理由はなさそうだった。

「ええっと浅草並木町はこっちの先だな」

権次郎が、御蔵前通りから斜めに分かれる雷神門前広小路（らいじんもんぜんひろこうじ）を指して言った。道の先に浅草寺の雷門（かみなりもん）が見える。

「そう大きな店じゃないだろうが、太物商ならこの広小路に店を構えてるだろう」

両側の看板に目をやりながら、歩き出す。今日は梅治を留守番に残しての二人連れだ。

「あ、あれだわ」

三十間（約五五メートル）も行かないうちに、千鶴は看板を見つけた。近寄ってみると、間口五間ほどの店だ。大き過ぎず小さ過ぎずで、客もそこそこあるようだ。千鶴は先に立ち、暖簾を分けた。

「おいでなさいませ」

丁稚が元気よく声を出して腰を折り、すぐ手代が寄ってきた。

「ようこそお越しを。どのようなものをお探しでございましょう」

「あ、私どもは、本郷菊坂台で占いをしております瑠璃堂と申します。本日はご主人様にお目にかかりたく」

手代は訝しむ様子もなく、左様でございますかと応じた。

「どのようなご用向きとお伝えいたしましょうか」

「先日、私どものところにお出でいただきましたことにつきまして、少しばかり」

手代は、かしこまりましたと奥へ入った。

「しっかりした店みたいね」

千鶴は権次郎に小声で言った。権次郎も、そうだなと応じる。

「ただ、見た感じ、十両もするものは売ってねえような気がするが」

「店先現金売りじゃなく掛売りだったら、ひと月分で十両ってこともあるでしょう」

そうかな、と権次郎は考え込んでいる。そこへ手代が戻って来た。

「お待たせいたしました。こちらへどうぞ」

二人は手代に導かれ、土間から畳に上がった。間もなく奥から男が一人出てきて、二人の前で手を突いた。

「近江屋の主人、幸吉と申します。瑠璃堂様のお噂は伺っております。ですが、そちらへ出向きましたことは一度もございませんで……ご記憶違いではございますまいか」

近江屋幸吉は、不思議そうな顔で千鶴たちを見ていた。だが、千鶴たちは呆気に取られて声も出せなかった。何故なら、目の前にいる近江屋幸吉は五十近くのでっぷり肥えた人物で、瑠璃堂に来た男とは似ても似つかなかったからだ。

近江屋には、勘違いでした、申し訳ございませんと何度も詫びた。念のため、瑠璃堂に来た男と似た奉公人や親族はいないか確かめたが、そんな者はいないとの返事だった。そもそも、全く目立たない風貌だったのだ。この場で出会っても、名指しできる自信はなかった。

「ああもう、何て間抜けなの。自分に腹が立つ」

近江屋を出た千鶴は、行き交う人が避けて通るほど、顔を歪めて口惜しがった。

「あの男のこと、小原田さんに言っとけば良かった。佐倉屋に贋小判が仕込まれたとわかったとき、近江屋に十枚の贋小判は佐倉屋から受け取ったものかと聞きに来れば良かった。何度か機会はあったのに」

「まあまあ、俺たちだって思い至らなかったんだから」

権次郎が宥めたが、千鶴はまだ腹の虫が収まらない。

「近江屋のふりをした、あいつも贋小判の一味に違いない。きっと、喜兵衛さんや佐倉屋の番頭さんの後を追って、佐倉屋さんが支払ったものだと思わせるため、次々に贋小判を仕込んでいったのよ」

「でもよ。奴は千鶴さんの目の前にいたんだろ。金箱の小判をすり替える暇なんて、あったのかい」

「だからむかつくのよ」

歯軋(はぎし)りするように千鶴は言った。

「あたしが占いの仕草で目を閉じている間は、何度かあった。金箱は見えるところにあった。梅治は襖の陰に下がってた。動きが敏捷(びんしょう)な奴なら、できたと思う」

「それにしたって、物凄(ものすげ)ぇ腕前だな」

権次郎は感心した風に首を捻った。

「なあ千鶴さん。奴を前にしていたとき、何も感じなかったのか」

「えっ」

千鶴は、ぎくっとして足を止めた。権次郎の言う通りだ。近江屋幸吉を騙ったあの男が、悪意を持って瑠璃堂に来たのなら、千鶴はそれを感じ取れたはずだった。だがあのとき、邪気の類いはほとんど感じなかったのだ。

「そうね……あたしの力が鈍っていた？　いや、そんなはずない。じゃあ、あいつが気配を殺していた？　そんなことができる奴、今まで会ったことない……」

後半は独り言になった。小判のすり替えが目的で、そのために嘘八百を並べ立て、その間ずっと悪意を隠し通すなど、並みの人間にできる芸当ではない。どんな術を使ったのか。

「千鶴さん、その贋者の近江屋だが」

少し考え込んでいた権次郎が言った。

「克之助を脅し、龍玄を始末したのも、奴だと思うかい」

「当然でしょう。贋金一味にここまでの手練れが、そう何人もいるとは思えない」

「だよな。しかも、容姿物腰ともにほとんど特徴がない。そうすると、こいつの素性は」

言いたいことは、すぐわかった。千鶴の考えも同様だ。

「本職の忍び、ね。御庭番崩れかもしれない」

権次郎が嘆息する。

「そんなのを雇えるって、どんな連中なんだい」

千鶴にも、答えはなかった。


瑠璃堂に帰り着いたときは、日もだいぶ傾いていた。歩いた距離の倍ほども疲れた気分だった。梅治も交え、三人は占いに使っている奥の座敷に座り込んだ。

「さて、次はどうしたもんかなあ」

権次郎が思案に詰まったらしく言った。一方、千鶴は懸命に頭を働かせていた。このままじっとしているわけにはいかない。

「取り敢えず、贋小判をばら撒いたのがあいつだってことを確かめよう。贋小判を摑まされた店に聞き込めばわかるでしょう。もしあいつ以外にもばら撒き役がいるなら、そいつの人相風体もわかるかも」

「それを確かめてどうするんだ」

「正直、はっきりわかんない。でも、そいつがどこから来たのか、どこにいるのかの手掛かりが、何かあると思わない？」

「ちょっと望み薄だなァ」

権次郎が最初から諦めたように首を振る。

「だいたい、あいつの見た目はありふれてて、全然目立たねえ。そんな奴のこと、覚えてるかねえ」

「それなんだけどね」

千鶴は考えがあった。

「全然目立たない、特徴がないってことは、逆に特徴になるんじゃないの。あまりにも目立たない男って、思うほどいないものよ」

「ふうん……ものは考えようってことか」

権次郎は不得要領の様子ながらも、頷いた。

二十

次の日、瑠璃堂は一日休みとした。権次郎が聞き込んだ、贋小判が使われたという店を訪ねるためだ。探るだけならいいが、聞きに回るとなると、権次郎一人ではどうしても胡散臭く思われる。占いを理由に、千鶴が品のある様子を醸して丁重に尋ねれば、相手の口も軽くなるだろうという読みだった。

「そりゃあ俺は、あんたたちに比べりゃ見てくれが怪しいからな」

権次郎は苦笑しながら認めた。そんな次第で梅治を連れた千鶴が巫女装束で出張ったのだ。女衆の目があるので、さすがに胸元はしっかり閉じる。

まずは日本橋通りに面した鍛冶町（かじちょう）の呉服商、島野屋（しまのや）を訪れた。巫女姿の千鶴は、やはり人目を引く。驚いた手代は、すぐ主人に取り次いだ。いったい何用で、と聞く主人に、千鶴はおっとりとした中にも懸念を浮かべる表情を作り、理由を述べた。

「占いに来られた皆様の中に、少々怪しげなお方がおられまして。こう申してはなんでございますが、災いを他の方々にもたらすような、いささか異様な気が、感じ取れました」

「は……異様な気、と」

「その気を辿ってまいりますと、こちらにも微かに残り香の如く感じ取れましたので、失礼を承知で伺いました」

「手前どもに、ですか」

島野屋は、惑い顔になった。どう応じていいかわからないようだ。

「その方は、贋小判についてのご相談でございましたが」

贋小判、と聞いて島野屋の顔が強張った。

「やはり、贋小判について何か」

面と向かって問うと、島野屋は仕方なさそうに言った。

「恐れ入りました。おっしゃる通り、手前どもの店で贋小判が見つかりました。お役人様へも届けておりますが、他言はせぬようにときつく申し渡されておりまして」

「左様でございましたか。いえ、ご心配には及びませぬ。八丁堀の方々とは、懇意にいたしておりますので」

小原田の顔を思い出し、つい忍び笑いが出そうになる。

「さすがは評判の瑠璃堂様。安堵いたしました」

緊張気味だった島野屋の顔が少し緩んだ。

「それで、その怪しげなお人とはどのような」

「はい。それが、取り立てて特徴がなく、三十とも四十とも見えるのです。人の記憶に残ることのない、考えようによっては不思議な方で」

「ふむ、太っても痩せてもおらず、目付きや振舞いも至って穏やか。それでも思い出そうとすると顔が浮かんでこない。そういうことでしょうか」

梅治が驚くのが、気配でわかった。千鶴も目を見張る。島野屋は、意外なほど呑み込みが早い。ということは、思い当たる節があるのだ。

「もしや、ここに来られたのですか」

はい、と島野屋は迷いなく答えた。

「贋小判を見つけてから、うちでそれが使われたと思われる日のことを考えてみました。その日来られていたのはお得意様がほとんどで、一見の方は五、六人だったはずです。ところが、番頭手代に尋ねましても、一人だけどうしても顔が浮かんでこないお客様がおられたのです。ちょうど今、あなた様がおっしゃった通りの」

やっぱりか、と千鶴は唇を噛んだ。他の店でも、きっと同様だろう。

「その方のお名前はお聞きになりましたか」

「いいえ。その場で現金買いをなさいましたので。瑠璃堂様では何と名乗っておいでalong でしたか」

「浅草並木町の近江屋幸吉様と。ですが、確かめましたら全くの別人でした」

「他人の名を騙っていたのですか。それは誠に怪しい。よくお知らせいただきました」

島野屋は恐縮して礼を述べた。

「店の者には、充分気を付けるよう改めて申しておきます。二度と現れはしないとは思いますが、もし万一姿を見せましたら、瑠璃堂様にもお知らせいたします」

「恐れ入ります。併せてお尋ねいたしますが、札差の佐倉屋様とはお取引がございますか」

佐倉屋、と聞いて島野屋の顔がまた硬くなった。

「ございます。二十年来のお客様で。このたびはご災難続きで、ご心配申し上げておりましたが……」

そこで島野屋は、内緒事のような言い方になった。

「お役人様が漏らされたのですが、佐倉屋様の蔵が贋小判の出元だということで。本当でございましょうか」

「本当でございます。ですが佐倉屋様は贋小判を流すために知らぬ間に使われただけで、贋金造りに関わったわけではございません」

「左様でございますか。いや、佐倉屋様ほどの店がどうして、と思っておりましたが、悪党に狙われたわけですね。それで喜兵衛様があのような……いや、恐ろしいことで」

「誠に。この先、島野屋様に災いがありませぬよう」

千鶴は梅治に水晶数珠を出させ、手に巻いて二、三度振ってから合掌した。あまり意味のない動作だが、島野屋は有難がり、些少ですがと礼金を渡してくれた。拒む理由はなく、千鶴は謹んで受け取った。


日本橋通りに出た二人は、神田川の方へ向かって歩いた。

「奴は、佐倉屋の取引相手を狙って贋小判を仕込んでいったんだな」

しばらく黙って考えていた梅治が言った。

「でしょうね。贋小判は全部佐倉屋から流れてる、っていう形にしたかったのね。これまで気づかなかったけど、最初の酒屋さんを始め、贋小判が見つかった店は必ずどこかで佐倉屋さんと取引があったこと、調べればわかるでしょう。島野屋さんは一見の客が使ったと見破ったけど、佐倉屋さんからの支払いに贋小判が入っていたと思う店もあるはず。そういう店から、悪い噂が流れて行く」

「佐倉屋によっぽどの恨みでもあったのかねえ」

「どうかなあ」

千鶴は小首を傾げる。

「お内儀と克之助のおかげで中はだいぶごたごたしてたようだけど、追い出されたり大損させられたりした人はいないはずよ。昔に遡ればわかんないけど」

「だったら、例えば……」

梅治がそう言いかけたとき、後ろの方からばたばたと慌ただしく駆けて来る数人の足音が聞こえた。周りの通行人がざわめき、両脇に寄る。

振り向いた千鶴は、あれっと眉を上げた。先頭で走って来るのは、小原田だ。小者や目明しを、四人ほど従えていた。

「小原田様！」

大声を上げると、小原田も巫女姿の千鶴に気付き、驚いた顔で立ち止まった。小者たちも、狂言役者よろしく後ろからぶつかりそうになって、慌てて止まる。

「なんだ千鶴じゃねえか。その格好で日本橋通りに出て、何をしてる」

「ちょっと占いの用事で。小原田様こそ、そんなにお急ぎで何事が出来（しゅったい）いたしましたのでしょう」

「あー、その」

小原田は舌打ちしかけたが、喋ってくれた。

「読売だ。神田明神下（みょうじんした）の紅玉堂（こうぎょくどう）が、贋小判について、あることとないこと書きなぐった代物を出そうとしてやがる。これから差し止めに行くところだ」

「えっ、そうなのですか」

ついに読売屋が嗅ぎ付けたか。噂は広まりつつあったから、いずれこうなるとは思っていたが、ずいぶん唐突だと千鶴は思った。奉行所もそのつもりで目配りしていただろうに。

小原田は、千鶴がさらに問うのを避けるかのように、さっと身を翻すと、北の筋違(すじかい)御門(ごもん)の方を目指して再び駆け出した。小者たちが、すぐさま後を追う。千鶴は一瞬迷ったが、梅治に目配せすると、そのまま小原田たちを追って駆け始めた。

筋違御門の横を過ぎ、神田川を昌平橋で渡って金沢町に入ると、紅玉堂の看板が見えた。既に六尺棒を持った小者が張り番に立ち、野次馬が集まり始めている。立ち止まって息を整えた小原田が十手を出し、見世物じゃねえと決まり文句を叫んだ。

十間（約一八メートル）ほど手前で立ち止まった梅治は、千鶴を見て言った。

「その目立つ格好じゃまずいぜ。俺が様子を覗いてくるから」

千鶴は、しまったと舌打ちした。変わった巫女風装束で読売屋に近付けば、すぐに素性がばれて、何を書かれるかわかったものではない。

「すぐ先は神田明神ね。神社の傍にいれば、そう怪しまれないでしょう」

そっちで待つと告げ、千鶴はそっと裏路地に入った。梅治は手拭いで頬かむりし、紅玉堂にそろそろと歩み寄った。

神田明神の東側の参道が、ちょうど紅玉堂の裏手になった。佐倉屋喜兵衛も、殺される直前にここを通ってお参りに行ったのだろうか。残念ながら、明神様は喜兵衛を守ってはくれなかったわけだ。

紅玉堂の中から声が漏れ、千鶴は耳をそばだてた。大きな声で喚いているのは、紅玉堂の主人らしい。

「冗談じゃねえ。こちとらァこれが商売なんだ。版木まで取り上げようってのかい。酷すぎるじゃねえか、旦那」

「四の五のぬかすんじゃねえ。御上が贋金を野放しにしてるみてえに書きやがるとは、不届き千万だ。勝手なことばっかり並べ立てやがって」

小原田が紙束を叩きつける音が聞こえた。

「別に出鱈目を書いてるわけじゃありやせんぜ」

「何だと。てめえ、御上に難癖をつけようってのか。それがお前のやりてえことか。だったらただじゃ済まねえぞ」

「ちょっ、ちょっと待ってくれ。そういうつもりで言ったんじゃねえ」

「うるせえ。お前はおとなしく幽霊話や心中話でも書いてりゃいいんだ。版木は全部燃やす。この読売を一枚でも外へ出してみろ。すぐに小伝馬町へ叩っ込んでやるからな」

「そ、そんな無茶な。勘弁して下せえよ」

最初は威勢の良かった紅玉堂も、小原田が本気だと悟って半泣きになった。読売なんて、面白ければ何でもあり、半分がところは売らんがための嘘八百だ。だから紅玉堂をさほど気の毒とは思わないが、小原田の言い方からすると、ただ贋小判が出たと知らせるだけのものではないようだ。

中から木の板が割れる音や、ぶつかり合う音が盛んに聞こえた。その騒ぎも四半刻足らずで収まり、小原田が通りに出て来る。小原田の声が引き上げを告げた。千鶴は、そうっと様子を窺った。小原田が通りに出て来る。その後ろから、小者に首根っこを摑まれた紅玉堂の主人らしい男が続いた。縄はかけられていない。今日のところは、番屋でこってり絞られるだけで済むようだ。

「千鶴さん」

頬かむりしたままの梅治が近付き、もう一度参道から裏に入るよう促した。

「本当に読売を止めさせたみたいね」

「ああ。小原田さんの様子じゃ、上からきつく言われて来たんだろう」

「奉行所は、どうしてこの読売のことを知ったのかしら」

「どうも、近所の岡っ引きに盗み聞きされたみたいだ。大ネタを摑んだんで、気が高ぶって声がでかくなっちまったんだな」

だとすると、ずいぶん間の抜けた話だ。

「大ネタって言うと、単に贋小判が見つかったってことだけじゃないのね」

「ああ。版木彫りが外に抜け出してきたんで、小遣い銭渡してこっそり聞いた。何千枚って贋小判が出回って、御上も何者の仕業なのか考えあぐねてる、このままじゃ大変なことになるって話を、読売にしようとしてたそうだ。こりゃあ、人心を惑わす不届き者と言われても仕方ない」

「実際よりだいぶ話が盛ってあるわね。読売だからしょうがないけど。でも、ネタ元は？　紅玉堂が自分で贋小判を見つけたわけじゃないよね」

「版木彫りが言うにはな、回向院近くの居酒屋で紅玉堂の旦那と二人で飲んでるとき、近付いてきた奴がいたそうだ。そいつがこの話を囁いたんだとさ」

「へえ。紅玉堂はその与太話、信じたの」

「すっかり信じたわけじゃない。だが、そいつは佐倉屋のことも話したそうだ。それで紅玉堂も、丸きりの作り話じゃないと思ったんだな。話半分としても、読売に載せるにゃ久々の大ネタだって、張り切っちまったらしい」

「そりゃ張り切るのはわかるけど……」

千鶴はそこではっとした。そこまで詳しい話を吹き込める奴とは。

「梅治、もしかしてそいつ……」

梅治は表情を硬くして頷いた。

「ああ。三十とも四十とも見える特徴のない奴で、次に道で会ってもわからないだろうってことだ」

二十一

「何だって？　あいつが自分で読売屋にネタを持ち込んだ？」

瑠璃堂で千鶴と梅治から紅玉堂の騒動を聞いた権次郎は、目を剝いた。

「どういうこった。贋小判を使うなら、こっそりばれねえようにやらねえと、意味ねえじゃねえか。てめぇで吹聴してどうすんだよ」

権次郎の言う通りだ。いかに精巧とはいえ、その気でよく調べれば本物と贋物は見分けられる。読売で話が広まって、誰もが気を付けるようになったら、せっかく手間暇かけて作った贋小判が使えなくなってしまう。

「もう充分使い切ったってことかな」

梅治も思案投げ首だ。

「使い切ったからって、読売に書かせて何の得があるのよ。そのまま黙ってた方が、余計な詮索されずに済むし……」

ふいに千鶴は口籠った。紅玉堂で小原田が怒鳴っていた台詞が、頭に戻って来た。もしや、そういうことなのか……。

「千鶴さん、どうした」

権次郎が問うた。千鶴は、待ってと手を出し、考えをまとめてから言った。

「あの正体のわからない男を、見つけましょう」

権次郎と梅治は、怪訝な顔をした。

「そりゃ見つけるに越したことはねえが、どうやって。当てでもあるのか」

「まあ……なくはない。うまく行くかどうかは、わかんないけど」

薄笑いを浮かべた千鶴を見て、権次郎と梅治は何なんだとばかりに顔を見合わせた。

翌日、瑠璃堂に来た最初の客は、中年の商人だった。着物から、ほんの少し茶葉の香りが嗅ぎ取れる。手に包丁胼胝はないので、料理人ではない。風体を見るに、茶の湯の師匠ということはない。趣味の茶道なら、嗅いでわかるほど茶の香りはつかない。茶問屋で間違いなかろうと見た千鶴がそう言ってやると、相手は忽ち恐れ入った。

「神田佐久間町から参りました、宇治屋市兵衛と申します。よろしくお願いをいたします」

「本日のご相談は、茶畑のことではないようですが、お金にまつわるお話でしょうか」

　今は茶葉の摘み取りの季節。今年の出来具合はもうわかっており、来年の出来を聞くには早過ぎる。内々のごたごたなら、心配が顔や態度に出るものだが、それもなかった。

「おっしゃる通りでございます。近年、同業が増えまして、儲けが減り気味で。この先の金運を占っていただきたいと存じます次第で」

　宇治屋はさらに恐れ入って、畳に丁寧に手を突いた。これは早速、格好の客だ。

「かしこまりました。これから見て参りましょう」

　千鶴は水晶数珠、合掌、呪文、火鉢といつもの手順を踏み、青い炎を出してから静かに告げた。

「宇治屋様の金運、決して悪いものではございませぬ。清く正しい商いを心がけ、機を逃さぬよう心を配りながら、強欲を避け精進なされば、きっと良い運気が巡って参りましょう」

　よくよく吟味すれば、ほとんど当たり前でどうとでも取れるご託宣だ。それでも、聞きたいと自身が心の奥で望むようなお告げであれば、皆有難がって受け容れる。

「ありがとうございます。これで気が安らかになりました」

　宇治屋からは、ほのぼのとした安堵の気が感じ取れた。仕掛けるのは今だ。

「これは宇治屋様に限った話ではございませんが、一つ気になっていることがございます」

宇治屋が、改まって何だという顔を向けた。

「どのようなことでございましょう」

「はい。近頃この江戸で、何やら不穏な気を撒いているお人がいます。不幸をもたらす不吉な使者、とでも申しましょうか」

宇治屋の目に、不安の色が宿った。たった今、慧眼を示した相手からこう言われれば、大概落ち着かなくなる。

「どういう人なのでしょうか」

「何か悪意を持って災いを為す、というぐらいしか申せませんが、そのお人は、札差の佐倉屋様にも出入りされたご様子」

「えっ、あの佐倉屋さんですか。近々、御不幸の続いている」

宇治屋の顔が目に見えて青くなった。

「佐倉屋さんは茶をお買い上げいただいたこともあり、存じ上げております。番頭さんに続いて御主人もあのようなことになり、しかもお内儀が……お店はどうなるのだろうと心配しておりました。千鶴様の言われるお人が、不幸をもたらしたということでしょうか」

そうか、佐倉屋と取引があったのか。これは幸運、申し分のない相手だ。

「はっきりとは断じかねますが、邪な気が感じられます」

「何と恐ろしい……まさか、うちにも現れたりするのでしょうか」

「それはわかりません。ですが、佐倉屋様から始まって、周りの方々の元へ、姿を見せているような節はございます」

「どんな人相風体なのか、ご承知で？」

「それが、難しゅうございまして」

千鶴は、特徴のない男のことを詳しく伝えた。宇治屋は、身震いした。

「会っても思い出すことができないような、捉えどころのない男ですか。これは何とも、不気味でございますなあ」

宇治屋には、その男が幽霊か魑魅魍魎（ちみもうりょう）である如くに思えたようだ。

「強いて申せば、特徴のないことが特徴となりましょうか。このお話、こっそり近しい方々にお伝え下さい。もし現れることがありましたら、すぐお知らせを。災いの有無を見極め、悪い気が感じられるようならお祓いさせていただきます」

「そこまでしていただけるのですか。ありがとうございます。ええ、もちろん、すぐにお知らせいたします」

「できれば、そのお方が去るとき、どこへ行くのか確かめていただければ、或いは元を断つようなことができるやもしれません」

「え、そのようなことをなすって、千鶴様は危なくはないのですか」

千鶴は、自信ありげに微笑んで見せる。

「ご心配には及びません。そのような邪気に負けはしませぬ」

「おお、さすがは千鶴様。かしこまりました。この宇治屋、胆に銘じ、お言葉通りにいたします」

感激した態の宇治屋は、平伏してから懐に手を入れ、紙包みを差し出した。効果てきめん。千鶴は腹の中で手を叩いた。


宇治屋が帰った後、梅治は千鶴の脇に来て、お見事と笑った。

「うまいもんだ。宇治屋はすっかり信じたな」

梅治は宇治屋の出した紙包みを振った。

「一分金四枚だ。千鶴さんの話が、だいぶ胸に響いたようだぞ。これで近所や同業に触れ回ってくれるだろう。もし奴が贋小判を使いに来たら、すぐ知らせが来るってわけだ」

「でも何せ、見てすぐ怪しいとわかる奴じゃないからね。だいぶ後になって思い出して、もしやあいつが、てなことになっても手遅れだし」

「まあ、あまり心配しても始まらん。思い付きの仕掛けとしちゃ、上等だ。十人に一人くらいは、その場でこいつだと気付いてくれる人がいるんじゃないか」

まあ、そう思っときましょうと千鶴は肩を竦めた。後は、果報は寝て待てだ。


一日二日は何事もなかった。一度惣六が来て、役人たちの様子を話してくれた。紅玉堂のことで御奉行が相当怒っていて、さっさと贋金一味を突き止めろと八丁堀の尻を蹴飛ばしているらしい。小原田も昼夜の別なく走り回っているが、今のところこれという手掛かりは摑めていないとのことだ。瑠璃堂で何か耳に入ってねえかと聞かれたが、まだ何もと千鶴たちはかぶりを振った。


三日目、とうとう動きがあった。昼を過ぎた頃、四十前後の地味目の羽織姿の男が、瑠璃堂に駆け込んで千鶴様にお取次ぎをと声を上げた。様子から見て、占いの客ではない。梅治が出て、話を聞くなり大声で千鶴を呼んだ。

「どうしましたか」

飛び出したいのを我慢し、千鶴は落ち着き払ったふりをして足を運んだ。駆けて来た男は、千鶴を見るなり急き込んで告げた。

「千鶴様でございますか。手前は、本所尾上町の小間物商、桐屋の番頭で昇兵衛と申します。実はつい先刻、宇治屋様から伺っておりました怪しい男らしいのが、手前ど来たか！　千鶴は拳を握りそうになった。上がり口に座って、昇兵衛に先を続けるように言う。昇兵衛は額の汗を拭きながら、早口に喋った。

「一刻余り前、三十過ぎかそこらと思える男が来まして。根付細工や簪を見ていたのですが、金糸を織り込んだ煙草入れに凝った根付の飾りを付けたものと、硝子玉をあしらった簪をお求めになりました。うちでも高価な部類で、合わせて三分です」

「もしや、小判で支払われましたか」

千鶴が聞くと、その通りだと言う。

「一見のお客様で小判を使われる方は珍しいですから、ふと宇治屋様から聞いた話を思い出しまして。確かに、これといった特徴のない方でそのお方が店を出たあと、顔を思い出そうとしてもできなかったのです」

まさしく奴に違いない。千鶴は逸る心を懸命に抑えた。

「その小判、近頃出回っていると噂の贋小判でないか、確かめた方がいいでしょう」

梅治が言うと、昇兵衛は「ああ、やはり」と額を叩いた。

「そのお方、どちらに行かれたかおわかりでしょうか」

「はい。幸い、着物は覚えておりましたので、すぐ手代に命じて後を尾けさせました。見失いそうになりましたが、手代は何とか花川戸まで尾けまして、船宿に入るのを確かめてから大急ぎで店に戻ったのです。手前はそれを聞いてすぐ、こちらに駆け付けました次第で」

　でかした！　その手代に今すぐ褒美をやりたいくらいだ。

「お宿の名は、わかりますか」

「はい。葦乃家という宿でございます」

「そうですか。ありがとうございました。すぐに然るべく手を打たせていただきます。ご主人様と宇治屋様に、どうぞよろしく、ご案じなきようお伝え下さいませ」

　千鶴が丁重に告げると、昇兵衛はようやく肩の荷が下りたと、安堵の溜息をついた。

　昇兵衛の後ろ姿が菊坂に消えるのを待って、千鶴はすっと立ち上がった。

「梅治、権次郎さんを呼んで」

「行くのか」

　梅治の表情が引き締まる。

「相当な手練れなんだぞ。八丁堀に任せた方がいい」

「もちろん、小原田さんも呼ぶ。でも、その前に私たちで決着をつけたい。向こうも待ってるだろうし」

「待ってる？」

　梅治が驚きを見せて言った。千鶴は「そうよ」と平然として応じる。

「小間物屋の手代みたいな素人に尾けられて、気付かない奴じゃないはず。尾けられたのを承知で、誰が現れるか楽しみにしてるでしょうよ」

「やれやれ、大した度胸だ」

梅治は呆れたような苦笑を返した。

二十二

「あれだな」

御蔵前から大川沿いをずっと北に歩いて、花川戸の北の端にさしかかったところで、権次郎が葦乃家の看板を見つけた。舟の荷下ろしをする河岸地にせり出して建てられた宿で、何艘(そう)かの舟が舫ってある。建物の造りはしっかりしており、舟も綺麗(きれい)に手入れされていた。船頭水主(かこ)の使う宿ではなく、大川の川遊びや吉原へ舟で繰り込む粋人が客だろうと思えた。

「高そうな宿だな。あんなところを根城にしてるのか」

意外だったらしく、梅治が呟きを漏らした。

「そりゃあ、小判をざくざく持ってるんだから。もっとも、贋小判だけどね」

千鶴は軽口めいた言い方で返した。違えねえ、と権次郎が薄笑いする。

「どうする。正面切って乗り込むか」

「もちろんよ。向こうだって、逃げやしないでしょう」

「一人じゃねえかもしれねえぜ」

「帳場で確かめたらいいでしょう。昔からある宿らしいし、丸ごと盗人宿なんてことはないわよ」

巫女姿から裾模様に芙蓉(ふよう)をあしらった薄緑の着物に替え、臙脂(えんじ)の帯をきりっと締めた千鶴は、決然とした足取りで梅治と権次郎を従え、葦乃家の暖簾をくぐった。

「おいでなさいませ。舟のご用でしょうか」

女将(おかみ)らしい、細面で顔立ちの整った三十五、六の女が膝をついて迎えた。権次郎の目が吸い寄せられる。千鶴は権次郎を一睨みしてから、女将に尋ねた。

「こちらにしばらくご逗留(とうりゅう)の方を訪ねてまいりました。三十から四十の、ごく目立たない感じのお方ですが」

それで通じるだろうかと思ったが、女将は何もかも承知している如くに、「ああ」と微笑んだ。

「二階にお泊まりの、数右衛門(かずえもん)様ですね。もうすぐ来客があるだろうと承っておりました」

千鶴は、ほらね、と梅治と権次郎を振り返った。二人は顔を強張らせている。

「ご案内いたします。どうぞお上がり下さいませ」

千鶴たちは女将に言われるまま、履物をぬいだ。女将は先に立って、廊下の傍らにある階段を上っていく。一番奥の、大川に面した部屋の襖の前で、女将は膝をついて声をかけた。

「お客様が、お見えになりました」

「おう、入ってもらってくれ」

女将は、はいと応じて襖を開けた。

部屋の真ん中に、煙草盆を前にした男が座っていた。こちらを見てちょっと眉を上げ、それから笑みを浮かべた。

「おや、あんたたちだったか。ま、半ばくらいはそうかもと思ってたが」

「他に誰が来ると思ってたの」

「まあ、いいじゃねえか。せっかく来たんだから、座んなよ」

男は、お茶をお持ちしますという女将に、呼ぶまで待ってくれと言って下がらせた。

千鶴たちは部屋に入り、襖を閉めて男を取り巻くように腰を下ろした。

「しばらくだねえ、瑠璃堂さん」

男は笑みを消さず、千鶴の顔を正面から見ている。こいつが瑠璃堂で近江屋幸吉を騙った男に間違いないはずだが、顔はやはり思い出せなかった。生まれ持ったものか、修業で得たものか、いずれにせよ大した技だわ、と千鶴は思った。

今日のこの男からは、瑠璃堂では感じなかった黒い悪意の気が立ち上っていた。よくこれほどの気を隠し通したものだが、今やその必要はないということだ、と千鶴は悟った。

「お前、本当の名は何てぇんだ。ここで名乗ってる数右衛門だって、騙りだろう」

権次郎が凄むように聞いた。相手は面白がるように答えた。

「不破(ふわ)数右衛門の名前を借りた。格好いいだろ」

「ちっ、仮名手本忠臣蔵(かなでほんちゅうしんぐら)か。ふざけやがって」

権次郎は腹立たし気に舌打ちした。

「ま、ここは数右衛門でいいわ。どうせ本名を言う気なんかないでしょ」

千鶴が言うと、数右衛門は頷いた。

「実のところ、本名なんかもう忘れちまった。あんまり長いこと、いろんな名前を使ってきたんでな」

冗談とも本気ともつかない答えだった。

「で、どうするつもりだ。役人に引き渡すのか」

「ええ、そのつもりで八丁堀を呼んである。でも、その前にいろいろ聞いておきたい」

瑠璃堂を出るとき、おりくに小原田か惣六を摑まえて、ここに来るよう伝えてほしいと言い置いてある。贋金の件でと言い添えれば、まっしぐらに駆け付けるだろう。だが、それにはまだ半刻かそこらかかるはずだ。

「へえ。何を聞こうってんだ」

「まず、龍玄のこと。あの盗人を殺したのは、あんたなの」

「ああ、龍玄か」

数右衛門は、不敵な笑みを消さない。

「あのドジめ、何を勘違いしたか、あんたらを襲ったらしいな。迷惑かけて申し訳ねえ」

数右衛門は、ぴょこんと頭を下げた。詫びるというより、掛け合いを楽しんでいるようだ。

「確かに迷惑だが、あんたのせいでもあるまい。それで、何であいつを殺した。口封じか」

梅治が言った。数右衛門は、そんなようなことだと答えた。

「龍玄は、手慣れた蔵破りだ。佐倉屋の千両箱を差し替えるのに奴を雇ったんだが、運び出した千両から分け前をやると言ってあったのに、独り占めしようとしたのさ。取り返すのに、余計な手間がかかっちまった」

千鶴は、猿屋町の家の床下に埋めてあった空の千両箱を思い出した。手筈では、本物の小判が詰まった千両箱を雇い主のところへ運ぶことになっていたのだろう。それを龍玄は、途中で中身だけ持ち逃げしたのだ。

「盗人なんか、信用して使うからだ」

「もっともだ。これから気を付けなくちゃな」

数右衛門の笑みが、苦笑のようなものになった。

「佐倉屋の昌之助さんは、あんたたちに手を貸してたのね」

「うん。手を貸してたっていうか、弱みを握って言うことを聞かせたのさ。あいつ、取引先のお内儀と理ない仲になってたんでな。あっちの亭主とお前の女房にばらすぞ、って言って、蔵の鍵を開けさせた」

まあそんなことだろうと思ったわ、と千鶴は苦笑した。呆れたことに、佐倉屋の中は主人も含め、不義密通だらけだったのだ。

「昌之助さんが殺されたとき、それを見ていて克之助さんを脅したのも、あんたよね」

「ああ」

「どうして止めなかったの。いや、そもそもどうしてその場に居合わせたの」

「それか。まいったな」

数右衛門は頭を掻いた。

「実を言うとな、俺も昌之助の口を封じるつもりで、夜中にこっそり蔵に来いと呼び出してあったんだ。忍び込んで陰に隠れて待ち、奴が出て来たんでいざ襲おうとしたら、なんと先を越されちまったじゃねえか。さすがにびっくりしたが、こっちとしちゃ好都合だったんでね。せいぜい利用させてもらうことにした」

「利用って、喜兵衛さんを殺させた？」

「ま、そういうことだ」

数右衛門は、当然だろという顔で答えた。

「もしかして、なんで旦那を殺さなくちゃいけなかったんだ、と思ってるかい」

その通りだったが、千鶴は黙っておいた。自分から喋ろうというなら、好きにさせておいた方がいい。

「正直、どうしてもってわけじゃなかったんだが」

数右衛門は眉を下げた。だが、言葉ほどには後悔しているように見えなかった。

「旦那も一番番頭も死んじまえば、佐倉屋が贋金造りに一枚噛んでねえと弁解できる奴がいなくなる。実際、佐倉屋の蔵には贋小判の詰まった千両箱があるんだ。江戸に出回る贋小判は、全部佐倉屋が出元ってことになる」

数右衛門は、どうだいという風に千鶴を見た。何て非情な、と千鶴は歯噛みした。

「御上の目を佐倉屋に向けさせ、自分たちはその間に姿をくらます気だったのね。そのために喜兵衛さんまで殺すなんて」

「いや、絶対にそうしなきゃってほどじゃねえ。だが、克之助ってあの番頭、旦那を殺すだけの理由を持ってた。そいつの首根っこを押さえたんだ。こいつは、使わねえ手はねえだろうと思っちまったのさ」

「人の命を、何だと思っていやがる」

権次郎が、吐き捨てるように言った。数右衛門は、首を竦める。

「そう言うなって。こっちもいろいろ考えなきゃいけなかったんだよ」

何がいろいろだ、と権次郎は憤然とする。数右衛門は、動じた気配もなかった。

「どうして佐倉屋さんを狙ったの。贋小判を仕込むなら、札差だって両替屋だって、幾らでもあるでしょう」

千鶴は一番の疑念を聞いた。佐倉屋に目を付けた理由は何なのか。

「ああ、あんたの言う通りだ。札差、両替屋、どこでも良かったんだよ。けど、佐倉屋を選んだ理由は二つある。一つは、店の中がごたごたしてたことだ。一番番頭も二番番頭もお内儀も、みんな密通してやがる。つけ込むには具合が良かった。で、もう一つは、わかるかい？」

数右衛門は、値踏みするように千鶴を見た。千鶴は、ふんと鼻で嗤った。

「猿屋町の家から、舟を使って最初に行き着く蔵だったことね。言い換えると、蔵に舟で近付くのにちょうどいい空家が、たまたま見つかったから」

数右衛門が、ほう、と目を瞬いた。

「大当たり。褒美は出ねえけどな」

佐倉屋にとっては、身から出た錆もあるとは言え、とんだ災難だ。これで店が潰れてしまったら、喜兵衛は全く浮かばれない。

「逆に聞くんだが、近江屋に話を聞きに行こうって考えたのは、俺が贋小判が十枚も見つかったなんて言ったからかい」

ここで数右衛門の方から言った。何か気になっていたようだ。

「まあ、それも理由の一つね。他の店じゃ一枚ずつだったのに、なんで十枚なんて言ったの」

「やっぱりか」

数右衛門は頭を掻いた。

「実際よりたくさんの贋小判が出回ってるって、思わせるためだったんだ。あんたらには藪蛇だったな。相手を見て言うべきだったと後悔したよ。俺としたことが」

それが唯一のしくじりだとでもいうように、数右衛門は残念そうな顔をする。わざとらしさに、千鶴は鼻白んだ。

「俺からも、聞きたいことがある」

梅治が身を乗り出して言った。

「お前、なんで読売屋に贋金のネタを売り込んだんだ。そんな話が一気に江戸中に広まったら、贋金を使いづらくなっちまうじゃないか。自分の首を自分で絞めるようなもんだろうが」

「ふん。もう贋金は充分使ったからな。ちょっとした気まぐれだよ」

数右衛門は、ニヤニヤしながら気軽に言った。梅治の顔が歪む。そこで千鶴が梅治を下がらせ、ニタっと笑って数右衛門を睨む。数右衛門の表情が僅かに曇った。

「気まぐれが聞いて呆れる。あんたたちが使った贋小判は、佐倉屋の蔵の千両を除けば、せいぜい百両足らず。あれほどの出来の小判を造り、龍玄たちを雇って蔵破りまでさせた。それには相当な元手がかかってるはず。この程度で算盤が合うかしら」

「ほう。どういう算盤なら合うって言うんだい」

数右衛門は、また面白がる表情になった。が、微かに口調が変わっている。

「あんたたちが本当にやりたかったのは、ただの金儲けじゃない。贋金を広めて、御上の面目を潰すこと。でないと、読売屋まで使う理由がない」

これを聞いて、梅治と権次郎が目を丸くした。数右衛門の目にも、驚きが見えた。

「たまげたな。俺たちが、そんな大それたことを考えたと思うのかい」

「いったい、御上にどんな恨みがあったの」

数右衛門は、すぐには答えなかった。上目遣いに、千鶴を睨んでいる。だがその口元は、楽しむかのように少しばかり歪んでいた。千鶴も、じっと睨み返す。何呼吸か、二人はそのまま睨み合った。

やがて、数右衛門はふうっと溜息をついて、目を逸らした。

「ま、俺たちもいろいろあってな」

千鶴は、深く頷いた。数右衛門は、千鶴の言ったことを否定しなかった。が、そこで数右衛門はぐっと顔を上げ、千鶴の顔を真っ直ぐに見て言った。

「あんたらはどうなんだ。ただの占い屋じゃねえだろう」

一瞬、千鶴はたじろいだ。梅治が言い返す。

「占い屋だ。それ以外の何でもない」

「どうかな」

数右衛門が、馬鹿にしたように嗤った。

「あんたらが首を突っ込んで来なきゃ、佐倉屋のことはこんなに早くばれなかった。全部佐倉屋に被せるはずが、千両箱のからくりがすぐに見つかっちまって、段取りに狂いが出た。八丁堀の間抜けどもより、一枚上手だ」

そうまくし立ててから、数右衛門は首を伸ばすようにして、千鶴に噛みついた。

「いったい、何者だ」

「占い屋よ。ちょっとおかしな」

「ちょっとおかしな、だと」

数右衛門が吹き出した。

「よく言ってくれるぜ。ああ、確かにおかしいよな」

ひとしきり笑って、数右衛門は真顔になった。

「あんたら、なんでこの一件に首を突っ込んだ。佐倉屋からの礼金狙いか。それもあるだろうが、それだけじゃねえだろう」

礼金、か。千鶴は苦笑しかけて、唇を引き結んだ。数右衛門の言う通り、最初はそれを考えたのだが……。

「佐倉屋について調べた限りじゃ、あんたらは浮かんでこなかった。なのに、何で佐倉屋に肩入れする。旦那が占いに来たからか。そんな理由のわけないよな」

数右衛門は、反応を見るように千鶴の顔を覗き込んでいる。千鶴は、つい目を逸らした。数右衛門が、はははあと唸る。

「もしかして、佐倉屋って店じゃなく、札差に縁があるのか」

千鶴は、ぎくりとした。顔に出なかったろうか。すぐに梅治と権次郎に目を走らせる。二人とも、はっとしたかもしれないが、既にその気配は消していた。が、数右衛門は何か感じ取ったようだ。

「ふん、そうかい。まあいいや。いずれ……」

数右衛門がそう言いかけたとき、下からざわめきが聞こえた。ばたばたと、何人かの慌ただしい足音も響いている。千鶴たちは、思わず閉じた襖の向こう、階段の方を振り向いた。

数右衛門はその隙を逃さなかった。あっと思った刹那、開いていた障子窓から数右衛門が身を躍らせた。この座敷は大川に突き出すように作られているので、窓の下は水だ。

「しまったッ」

梅治が窓に取り付いた。外で大きな水音がした。千鶴も梅治の背中越しに下を見る。水しぶきが収まるところだった。川の水嵩(みずかさ)は昨日川上で雨が降ったらしく増しており、やや濁ってもいたので、数右衛門の姿は見えない。

「飛び込んだの」

「ああ。油断した。やっぱり相当な手練れだ」

梅治が言ったとき、後ろの襖が吹っ飛ぶような勢いで開けられ、十手を構えた小原田が踏み込んできた。

「おいっ、どうした。奴はどこだ」

梅治が黙って大川を指差した。小原田は窓に駆け寄り、顔を突き出して川面を見つめた。

「飛び込んだのか」

確かめるように聞いた。梅治が「そうです」と頷く。小原田が、十手で窓の敷居を思い切り叩いた。さっと振り返り、付いて来ていた惣六や捕り方たちに向かって怒鳴る。

「川堤を川下へ走れ！　奴が泳ぎ着いたところを捕まえるんだ」

へいっと叫んだ惣六が、捕り方を引き連れて階段を駆け下りて行った。手遅れだろうな、と千鶴は冷めた目で見送った。

二十三

それから半刻余り、千鶴たちは葦乃家に留め置かれ、さんざん絞られた。

「まったく、何で俺が来る前に勝手に奴に会ったたんだ。奴は半端ねえ手練れなんだぞ。素人のお前たちが行っても、出し抜かれるに決まってるじゃねえか」

手練れだというのは小原田以上によくわかっているし、そのことを小原田に教えたのも千鶴たちなのだが、言い返さずに神妙に聞いておいた。

「申し訳ございません。つい、佐倉屋様のためにと逸ってしまいました」

千鶴は、いかにも恐れ入っている風に頭を下げる。そうなるとさすがに小原田も、頭ごなしに怒鳴れない。「謝りゃいいってもんじゃねえぞ」などとぶつぶつ言っている。

「お前さん自身が危ねえ目に遭うかもって思わなかったのか。梅治に権次郎、お前らもどうして止めなかったんだ」

「おっしゃる通りです。考えが足りませんでした」

梅治も小さくなっている。実際は考えが足りなかったどころか、小原田が駆け付ける前に数右衛門から聞き出せるだけ聞き出して、贋金一味が何者か、暴き立ててやろうと目論(もくろ)んでいたのだ。腹の中では一味の儲けをかっさらうことまで考えていたなどと、到底口に出せるものではない。

「まあ、また私たちの身をご心配いただいていたのですか。嬉しゅうございます」

千鶴はほんのり頰を赤らめ、小原田を熱っぽく見つめてやった。小原田は落ち着かなげに身じろぎした。

「ま、起きちまったことは仕方ねえ。二度とこんな真似はしないよう慎め」

「はい、本当に相済みませんでした」

小原田は千鶴から目を離し、隅っこにいる権次郎を睨んだ。

「おい権次郎。ずいぶんとまた、ドジを踏んだな」

「へ、へえ。面目ありやせん」

八丁堀に負い目のある権次郎は、背を丸めて小原田と目を合わそうとしない。いかにも居心地が悪そうだった。

「ふん。てめえの面目など知ったこっちゃねえ」

小原田は馬鹿にしたように言って、鼻を鳴らした。そこへ階段を上ってくる足音がして、惣六が顔を出した。

「旦那」

「おう、どうだ。何か見つかったか」

惣六は苦い顔でかぶりを振った。

「何にも見つかりやせん。野郎め、溺れて沈んじまったんじゃねえですかい」

「そんなあっさり片付くようなタマか。舟の方はどうなってる」

「へい、ここの舟を出させて、竿で突き回ったんですがねえ。何一つ、引っ掛かりやせん」

「舟遊びしてた連中はどうだ。何か見てねえのか」

「近くにいたのを二、三艘摑まえて聞きやしたが、こっちを見てた奴はいなくて。水音に驚いて振り向いたところ、水しぶきが見えた。それだけです」

「そいつらの名前と住まいは聞き取ったんだろうな」

「へい。船宿でも確かめておりやす」

「よし。後で俺が話を聞こう。とにかく人数を増やして、川沿いを調べるんだ。今日の流れの具合じゃ、とっくに永代橋(えいたいばし)の先まで流されてるだろう」

惣六は、承知しやしたと言って下がった。小原田は改めて、苛立ちを見せつつ三人を眺め渡した。

「もういっぺん聞く。佐倉屋の経緯はわかったが、贋金造りの連中についちゃ、わからねえままってことだな」

「左様でございます。返す返すも、申し訳……」

「詫びはもう聞き飽きた。またいろいろ聞きに行くから、今日のところは帰れ」

小原田はまだ怒っているようだが、踏ん切りをつけるように立ち上がった。そして部屋を出しなに、梅治と権次郎に言った。

「おいお前ら、千鶴に何事もねえよう、充分に気を付けるんだぞ。いいな」

梅治と権次郎は、揃って「へへえっ」と両手を突いた。あら、小原田さん意外と優しいじゃない、と千鶴は口元で微笑んだ。

瑠璃堂へ帰った三人は、占い場の座敷で車座になった。梅治も権次郎も、どっと疲れが出たという顔をしている。

「あの野郎……溺れ死んじゃいねえよな」

権次郎が、言わずもがなの台詞を吐いた。

「いつもより水嵩は増えて、流れもちょっと速かった。とは言っても、それを承知で飛び込んだんだろうしな」

梅治も頷きながら言う。潜ってしばらく流された後、橋の下のような目立たない場所で様子を見て、対岸に上がったのだろう。洪水のような流れではなし、達者な者ならそのぐらいやりそうに思える。

「奴は何だ。やっぱり忍びか」

「あの身のこなし、それを匂わせるけど、これと言って証しはないしね。忍びだか忍び崩れだとして、どういう経緯で贋金一味に加わったのかな」

千鶴も首を傾げた。そこへ梅治が言う。

「千鶴さんは、奴らは金儲けより、御上に一泡吹かせるために今度のことを仕掛けた、と言ったたな。奴は違うとも言わなかった」

「ええ。あたしはそうだと思ってる」

「だとすると、贋金一味は御上に恨みか不満を持ってる奴らなわけだ。取り潰しに遭った大名家とか、謂れのない罪を着せられた役人とか」

「やれやれ、百何十年ぶりに由比正雪が化けて出たか」

権次郎は、慶安の頃に幕府転覆を企てた人物の名を挙げ、天井を仰いだ。

「でもよ、梅さん。近頃、取り潰された大名とか役人とか、聞いたことないぜ」

梅治は腕組みし、それもそうだなと呻いた。

「もう一つ気になることがある。あいつ、あたしたちが踏み込んだとき、他の誰かが来たと思ったみたいな言い方をした。誰のことを考えたんだろう」

「そりゃ、役人じゃねえのか」

「役人と思ったなら、来る前に逃げるでしょう」

それもそうだ、と権次郎は言った。だが千鶴にも、思い当たる者はいなかった。

「結局のところあの野郎、べらべら喋ってた割にゃあ、肝心なことは何も口にしなかったな。贋金造りの正体はわからねえままか」

権次郎が、くたびれ儲けだというように投げやりに言った。

「うん。だけどね、これ五人や十人の仕業じゃないよ」

「もっと大掛かりだってのか。まあ、それは前から言ってたしな」

「そう。しかも元手だけじゃなく、かなりの時をかけてる」

ふむ、と梅治が気を惹かれたように顔を向けた。

「あいつ、札差や両替屋を調べて、佐倉屋が一番つけ込みやすそうだと踏んだから仕掛けたと言ってた。調べた相手は、五軒や六軒じゃないでしょう。使えそうな弱味を摑むまで調べるなら、それにかかる時も人手も半端じゃない。二月三月、二十人、三十人でも足りないわ」

なるほど、と権次郎が膝を打つ。

「それだけ手がかかるなら、千両ちょっとの儲けじゃとても割が合わねえな。龍玄に幾ら渡す気だったか知らねえが、元手を引いて残りを分けたら一人十両かそこらだ。一つ間違えば、損が出るかもしれねえ」

それを聞いて、梅治がまた首を捻った。

「分け前についちゃ、ただ働きでいい、って奴らかもしれん。あの数右衛門だって、御庭番を追い出された恨みとかで仲間になったのかもな」

「そうは言っても、権次郎さんの言う通り元手で足が出ることもありそうよ。よっぽど金のある奴が、後ろにいるんじゃないかな」

数右衛門は葦乃家で、その何者かからの繫ぎを待っていたのではないか。

「御上に恨みがあって、大金をすぐ用立てることができる奴。誰か思い当たる？」

千鶴が問うと、梅治は俯いた。

「わからん。しかし、御上そのものでなく、今のお偉方の誰かに恨みがあって、というなら金を使える奴もいるんじゃないか」

「ははあ。お偉方の誰かの足を引っ張って、あわよくば取って代わろうって話か。その方が、取り潰しの大名云々より、ずっとありそうだな」

「誰かのって、誰よ」

梅治は少し考えて、言った。

「今の一番のお偉方ってぇと……まさか公方様じゃあるまい。御老中の誰かってことかな」

「おいおい、どんどん話が大きくなるな」

権次郎が、身を竦める素振りをして見せる。

「御老中の足を引っ張るとしたら、どいつだろうな」

「さあね。どの御老中にしても、そこまでご出世あそばしたお方なら、くじ引きで決められるぐらい、大勢いるんじゃないの」

ちょっと皮肉っぽく、千鶴は言った。

「何やかやで、御上なりお偉方なりに含むところがある人は、どこにでもいるのよ」

梅治と権次郎は、千鶴の言葉にはっとしたように黙った。今さらながら、自分たちもその一人だと気付いたのだ。

「済まん、千鶴さん。お父上の店のこと……」

おずおずと言いかけた梅治を、千鶴はぴしゃりと止めた。

「その話、いらないってば」

梅治は赤くなって口を閉じた。

「まあ、とにかく、だ」

権次郎が、少しばかり気まずくなったところを繕うように手を叩いた。

「佐倉屋の殺しの一件についちゃ、片が付いたんだ。確かに数右衛門はお縄にできてねえが、間違って獄門台に送られる奴もいなくて済んだ。結果としては、そう悪くねえと思うぜ」

「うん……それは、まあ」

満足したわけではない。だが、権次郎の言うことも間違ってはいないな、と千鶴は思った。素人の自分たちにできることは限られている。その中でここまでやり遂げたことには、胸を張っていいのかもしれない。

そこへ突然、おりくの大声が響いた。

「ちょいと梅さん、いるかい。あ、みんな揃ってるね。良かった」

「何だおりくさん、どうかしたのか」

ごく気軽に、梅治が問うた。だが話を聞くや、そうはいられなくなった。

「磯原さんの家が大変だよ」

「何、磯原にまた何かあったのか」

梅治が顔色を変える。おりくが慌てて手を振った。

「そういうんじゃなくて、ご親族が集まって騒ぎになってるんだよ」

「親族が？　どういう話だい」

「それがさ、ちょっと耳に入っちまったんだけど」

千鶴はくすりと笑った。要するに、こっそり盗み聞きしていたのだ。

「磯原さんたら、侍をやめて従兄弟（いとこ）だか何だかに仕事を譲るって、はっきり言っちまったらしいんだよ」

「えっ」

梅治は絶句した。確かに先日、おりくから磯原がそんなことを漏らしていると聞いてはいたが、本気で宣言するとは、思っていなかったのだ。

「そいつは大変だ」

梅治は腰を浮かせかけ、思いとどまった。やはり駆け付けるには、人目が気になるようだ。察した千鶴は、梅治の膝に手を置いた。

「一騒動収まったら、あたしが磯原さんに話を聞いてみる。だから心配しないで」

梅治は、済まないと言って肩を落とした。

さすがにその日は遠慮して、翌日、瑠璃堂を閉めてから千鶴は一人で下谷に向かった。磯原の住むのは、御先手組（おさきてぐみ）や御徒（おかち）組、御書院などの与力同心の住まいが集まっている界隈だ。似たような家ばかりだが、場所はおりくから詳しく聞いていたので、迷わずに済んだ。

　磯原の家は、きちんと手入れこそされているものの、やはり貧弱な構えだった。昨日の騒動の後だから、勤めに出たとしてもそう遅くはならず、今時分なら帰っているだろうと思って来てみたのだが、奥から子供が「父上」と言うのが聞こえたので、読み通り在宅しているとわかった。

「ごめん下さいませ」

　声をかけると、十歳くらいの男の子が、さっと表に現れた。長子の壮太郎だろう。女の客は珍しいのか、千鶴に怪訝な顔を向ける。

「どちら様でしょうか」

「本郷菊坂台、瑠璃堂の千鶴と申します。お父上はおられますでしょうか」

　狭い家なので、磯原にも聞こえたようだ。壮太郎が返事をする前に、磯原が顔を出した。

「やあ、千鶴殿。どうされましたかな」

「はい。実は昨日のご様子を漏れ聞きまして、少しお話しできればと存じまして」

磯原はそれを聞いて、恥ずかしそうに頭を掻いた。

「いや、これはどうも……むさ苦しいところですが、お上がり下さい」

ありがとうございます、と一礼し、千鶴は家に上がった。千鶴にみとれるように立っていた壮太郎が、慌てて一歩引いて千鶴を通した。微笑みかけると、壮太郎の頬が赤くなった。

座敷に入ると、女の子がきちんと正座して、「いらっしゃいませ」と千鶴を迎えた。娘の里江だ。千鶴は、「お邪魔いたします」と丁寧に挨拶した。座って、つまらないものですがと持参した菓子折りを差し出す。子供たちの目が輝いた。

「これ、あちらへ行っていなさい」

磯原が下がるように言うと、二人の子は千鶴に一礼して隣の部屋に行き、襖を閉めた。千鶴は磯原に微笑んだ。

「立派なお子様たちでございますね」

「ああ、いやいや、母親がいないので躾(しつけ)に難儀しておりましてな」

そんな風に言いながらも、子供が可愛(かわい)くてしょうがないのか、照れ笑いしている。いい親子だな、と千鶴は胸が温かくなった。

「昨日のことと言うと、侍をやめるという話を、耳にされたのですな」

磯原は恥じたり隠したりする様子など微塵(みじん)もなく、寧(むし)ろ気楽そうな調子で言った。

「それで源一郎……梅治が、心配したというわけですか」

「左様でございます」

　磯原は、まいったなと苦笑を漏らした。

「いや、急な思い付きではない。実は、前々からずっと考えておったのです」

「それでも、ご浪人であればいざ知らず、御役目をお持ちのお方がそのように思い切るとは、並々ならぬことでございましょう」

「御役目、ですか」

　磯原は、自嘲するように下を向いた。

「学問所の勝手方は地味な役目ですが、その中でも私は一番下っ端です。自分の考えでやれることなど、一つもない。少し工夫をしてみようとすれば、上役から余計なことをするなと叱責される。子供でもできそうな、決まりきったことをこなすだけ。しかも、上の都合でやることが増えたり減ったりです。夜遅くになることもある代わり、一日暇を持て余すときもある」

　そこまで喋って、愚痴のようですなと磯原は情けない顔になった。

「暇なときは、仕事のふりをして本を読んだりしていました」

　磯原は笑って、目で部屋の隅を示した。そちらに目をやると、古い風呂敷を被せた山がある。よく見れば、積み上げられた書物だった。このような家にしては、結構な数だ。

「ご本がお好きでいらっしゃるのですね」

学問所勤めだけあって、端役であるのに、ずいぶん勉強熱心なのだなと千鶴は感心した。だが磯原は、いやいやと首を振る。

「半分は黄表紙です。学問の本は少ない。商いの心得を書いた本もあります」

「商い、ですか。お侍をおやめになった後は、商人になるお考えでしょうか」

「まあその……そうできればいいと考えてはいるのですが。何しろご覧の通り、いつまで経っても貧乏から抜け出せず、取り立てが緩くなったとはいえ、借金を月々返済すれば、手元に幾らも残らない始末です。倅に継がせても、苦労を押し付けるだけだ」

だからと言って、商いで稼ぐのも甘くはないでしょうな、と磯原は笑った。千鶴は、笑う気になれなかった。

「あの、何かこの商いを、とのお考えをお持ちでございますか」

「はあ……貸本屋などできればと、勝手に考えております」

なるほど。本好きは本当らしい。好きなもので商いができれば、との思いなのだ。確かに甘くはないが、面白くなく、軽んじられたうえ金にもならない仕事で鬱々と暮らすよりはましかもしれない。とは言っても、貸本屋では本を揃える元手がかかる。

それを聞くと、磯原は当てがあると言った。

「馴染みの貸本屋が神田旅籠町(かんだはたごちょう)にあるのです。そこが病で商いを畳むので、本気で貸本屋をやりたいなら、本は全部ただ同然で引き継いでもいい、と言ってくれました」

「まあ、そこまで手配りされていたのですか」

それなら、絵に描いた餅というわけではなさそうだ。だが磯原は、残念そうに頭を掻いた。

「ですがそこは、商売を畳んだら店はすぐ家主に返さなくてはならないそうで。本は手に入っても、店も住まいもないんです」

「そうでしたか。なかなか思うようにはいきませんね」

仕方ありません、と言う磯原に、千鶴は肝心のことを聞いた。

「それで、ご親族は何と……」

ああ、と磯原は首筋に手をやった。

「お恥ずかしい次第ですが、さんざんなじられたうえ、匙(さじ)を投げられました。もう勝手にしろと。一族の面汚しと言われなかっただけ、ましです」

千鶴は、そうですか、と言うしかなかった。

「もう、ご決断されたのですね。やはり、佐倉屋様の一件が？」

「まあ、あれで疑われたことが背中を押す一つになったのは、確かです。こんなことで町方役人からも目を付けられる俺は、御家人として値打ちがあるのか、なんてね」

磯原は笑っているが、やはり恥辱に思っていたのだろう。小原田も罪なことをする、と千鶴は腹立たしく思った。

「お子様たちには、お話しなさったのですか」

「ええ。しっかりしろと叱られるかと思いましたが、父上の望む通りに、と言ってくれました。それを聞いて、腹の底から有難いと思いましたよ」

隣の部屋で、洟（はな）をすする音がした。壮太郎と里江にはこの話、全て聞こえているはずだ。子供たちにも、彼らなりの覚悟があるのだろう。なら、これ以上言うことはない。

「お考え、よくわかりました。梅治にもお心のほど、伝えさせていただきます」

「よろしくお願い申し上げます」

磯原は、恐縮した様子で頭を下げてから、ひと言付け足した。

「あいつに、今までお前が羨ましくて仕方がなかった、と言ってやって下さい」

はっとして磯原を見た。冗談めかすように笑ってはいるが、目は本気だった。千鶴は、承知いたしましたと丁寧に返事した。

二十四

「千鶴様、またお越しいただき恐縮に存じます」

下谷長者町の家主、正右衛門はにこやかに千鶴を迎えた。

「おかげさまで、猿屋町の店は手に戻りました。御奉行所のお調べが入って、ちょっと手間はかかりましたが」

千鶴たちの口からは小原田に告げていなかったが、八丁堀の目も節穴ではない。佐倉屋の周りを嗅ぎ回り、猿屋町の家が使われたことを自力で割り出していた。正右衛門に事情を聞き、借りたのが龍玄一味らしいとわかって家中調べたのだが、新しいことはやはり何も出なかったようだ。

「それは良うございました。正右衛門様も、ご安心でございましょう」

「はい。ようやくほっとできました」

正右衛門は、肩の荷が下りたと目を細めた。

「それにしても、佐倉屋さんは大変なご災難でしたなあ」

自分の貸家が企みに使われたとあって、正右衛門も佐倉屋には気を遣っているのだ。

「もしお店が潰れていたら、私も辛(つら)いところでした」

「本当に、そうならずに済んで幸いでした」

佐倉屋については、これだけ世間を騒がせたのだからと闕所を言い立てる向きもあったらしい。だが、奉行所配下で札差の監督をしている猿屋町会所が、強く反対した。佐倉屋は狙われて被害を受けた側であり、そんなことで札差を潰すのは幕府のためにならない、というのだ。自分たちの鼻先で易々と悪事が行われたことへの負い目もあったかもしれない。何しろ、龍玄が千両箱を舟で運んだとき、会所の真裏を通っていたのだから。

結果、北町奉行榊原(さかきばら)主計頭(かずえのかみ)の判断で、佐倉屋は家内支配不行届きの叱責だけで済んだ。佐倉屋の跡目は、大坂から急遽(きゅうきょ)戻って来た喜兵衛の倅が継ぎ、残った番頭手代がこれを助けるということで、順当に収まったらしい。

「ところで、猿屋町のあの家は、これからどうなさるのですか。またお貸しに？」

「はい、それなのですが……」

正右衛門は、眉根を寄せた。

「お役人が大勢お調べに来られたことで、噂が立ってしまいまして。しばらく借り手が付きそうにないのです」

やっぱり、と千鶴は思った。だからこそ、今日はここに来たのだ。

「それはお困りでしょう。実は、勝手ながら占ってみました。それでお伺いしたのですが」

「えっ、そうなのですか。それはありがとうございます」

正右衛門は驚いたようだが、勝手に占ってくれるのなら損にはならない。すぐ笑みを浮かべた。

「如何でございましたか」

「はい。やはりあのようなことがあったので、運気は下がっておりました。あの盗人は、米屋をやると言っていたのでしたね」

「左様で。結局、一粒の米も運び込まれませんでしたが」

「米、味噌、醤油、油、そういったものはこの先、あの家にとって運気が悪うございます」

「ああ、やはりそうですか……では、どのような商いがよろしいでしょう」

「厨などと縁遠いもの。紙や墨、筆、書物などを扱う商いがよろしゅうございましょう」

「なるほど。いずれも学問など、高尚なものに通じる商いでございますな」

正右衛門はいかにも得心したように、しきりに頷いている。

「後は、欲を出さず、常に善行を心がけることです。店賃も、お下げになった方がよろしゅうございましょう」

「それはごもっともです。どのみち、借り手がなければ大きく下げようと思っていたところで」

そうしますと言ってから、正右衛門はちょっと困り顔になった。

「紙や書の商いと言われましたが、周りに心当たりがございませんで、どうしたものかと」

「そうですか。急にそのような話になっても、お困りですね」

千鶴はしばしば考える風を作った。正右衛門は口を挟まず、待っている。やがて千鶴は、遠慮がちに言った。

「あの、実は私の方に、心当たりがなくもないのですが……」

ほう、と正右衛門は目を見開く。

「千鶴様のお知り合いならば。どのようなお方でしょう」

「はい。お侍をおやめになったお方で……」

半月後。筵(むしろ)をかけた荷を一杯に積んだ荷車が二台、猿屋町の家の前に着いた。

「おう、来たか。ご苦労であっ……ご苦労さん」

満面の笑みを浮かべた磯原が飛び出してきて、荷車を迎えた。人足が「どうも」と頭を下げ、どこへ置きやすかい、と聞いた。

「取り敢えず、店の板の間に積み上げてくれ。後できちんと並べるから」

人足は、わかりやしたと応じて筵を解いた。磯原の後から出て来た梅治が、それを見て目を丸くする。

「これ、全部本か。すごいな」

「商いにするには、このぐらいは必要だ。ただ同然とは言うものの、丸ごと引き取るのにまた借金が増えてしまった」

本の引き取り代金だけでなく、置台や棚を設えたり、先払い分の店賃など合わせると、いかに格安とはいえそこそこの額になっている。だが、磯原の顔には、憂いの色は微塵も見えなかった。

梅治はその金を融通してやろうとしたのだが、千鶴が止めた。磯原は辞退するに違いない、と。梅治の胸の思いを考えれば、二人の関係に金は絡めない方がいいと考えたのだ。梅治は迷った末、千鶴の忠告に従った。

「後は商いに精進するだけですね」

千鶴が微笑むと、磯原もはにかむように笑った。

「これも全て、瑠璃堂の皆さんのおかげです。何とお礼申し上げれば良いか」

「そんなことはいいんだ。万事丸く収まったんだから、あんまり気にするな」

梅治が言うと、磯原は「済まん」と照れたようにまた笑う。爽やかな、明るい笑みだ。梅治の頬に、朱が差した。

「父上、厨の方ですが、これでいいでしょうか」

　荷物を片付けていた壮太郎と里江が、奥から声をかけた。

「ああ、今行く」

　返事してから、磯原は首を傾げてみせる。

「父上、というのもやめさせないとな。どう呼ばせようか」

「お父(と)っつぁん、は差が大きいか。お父(とう)ぐらいでどうだ」

「慣れるのに暇がかかりそうだ」

　磯原は楽し気に言った。そこへ正右衛門がやって来た。挨拶してから、看板をしげしげと眺める。それは千鶴がはなむけにと贈ったものだった。

「文泉堂(ぶんせんどう)。いいお名前ですな」

「はい。千鶴さんに付けてもらいました。気に入っております。本当に有難くて」

　磯原修蔵改め文泉堂修蔵は、誇らしげに看板を見上げた。

「梅治にも、ずいぶん世話になってしまったな。これからは、毎日でも寄ってくれ」

「いや、毎日ってわけにはいかないが、しばしば寄せてもらうよ、うん」

　梅治はどぎまぎしたように目を瞬き、俯いた。千鶴はそれを見て、少しだけ心配になる。磯原、いや修蔵は、心からの友とはいえ、梅治の恋情を受け容れることはないだろう。いつでも会えるようになって、梅治の心はこれからどう動くだろうか。

「あのような店賃でお貸しいただいたこと、改めて御礼申し上げます」

修蔵が正右衛門に言った。いやなに、と正右衛門が手を振る。

「千鶴様のご紹介ですからな。こちらも、早々に借りてもらって助かった」

正右衛門と修蔵は、揃って千鶴の方を向いた。

「これで全て、おっしゃる通りに収まりました。これで運気は良くなりましょうか」

「はい、きっと良くなります」

千鶴は水晶数珠を手に、合掌した。

「何よりも、信じて精進されることです」

ははっ、と二人は頭を下げた。その隙に千鶴は梅治を振り返り、口だけの動きで
「どんな占いも、信じることで救われるのよ」と言って、片方の目をつぶってみせた。

―――本書のプロフィール―――

本書は、小学館文庫のために書き下ろされた作品です。

小学館文庫

まやかしうらない処（どころ）
信（しん）じる者（もの）は救（すく）われる

著者　山本巧次（やまもとこうじ）

二〇二二年九月十一日　初版第一刷発行

発行人　石川和男
発行所　株式会社　小学館
〒一〇一-八〇〇一
東京都千代田区一ツ橋二-三-一
電話　編集〇三-三二三〇-五九五九
　　　販売〇三-五二八一-三五五五
印刷所　――　中央精版印刷株式会社

この文庫の詳しい内容はインターネットで24時間ご覧になれます。
小学館公式ホームページ　https://www.shogakukan.co.jp

ISBN978-4-09-407180-1